ENCUENTROS CON EL DEMONIO

Casos Impactantes de Encuentros con Seres
Malévolos. 2 Libros en 1 - Historias Reales de
Posesiones, Historias de Terror de la Ouija en
Español

BLAKE AGUILAR

Índice

Historias Reales de Posesiones

Historias de Terror de la Ouija en Español

Historias Reales de Posesiones

Descubre las Historias más Terroríficas de Posesiones

Índice

Introducción

Todos nos hemos llegado a preguntar si existe el cielo y el infierno, si hay un Dios y si existen los demonios. Algunas personas están seguras de su existencia, mientras que otras lo dudan y lo justifican con hechos científicos. Estas preguntas son típicas de la raza humana y se han realizado desde los albores de nuestra existencia. Por lo general, la religión casi siempre se confronta con la filosofía o con la ciencia para explicar los hechos más extraños que los humanos han llegado a presenciar.

Si algo ha acompañado la creencia en seres divinos, es la creencia en seres malignos.

Desde que comenzaron las grandes religiones cristianas, se le pudo asignar un nombre a los extraños y terribles acontecimientos que padecían algunas personas, llamándolos influencias demoniacas. Entre estos malestares está la posesión demoniaca y su contraparte que sirve de solución, el exorcismo.

A lo largo de toda la historia humana hay registros de exorcismos y de posesiones demoniacas. Las referencias más antiguas datan desde la época de los sumerios e incluso en los griegos tenían muchas supersticiones sobre las posesiones demoniacas. También, gracias a la presencia espiritual y demoniaca, los chamanes han existido desde hace muchos siglos.

Debido a que, como lo tenemos pensado hoy en día, es algo relacionado con la religión católica, en el Nuevo Testamento se pueden encontrar muchas referencias a posesiones demoniacas y exorcismos. Existen grabados y pinturas antiguas que representan estos terribles acontecimientos e historias. Por supuesto, entre sus grandes víctimas se encuentran las llamadas brujas, que se decía que estaban poseídas y hacían tratos con el demonio.

No obstante, la religión cristiana no es la única que tiene demonios y seres malignos en sus registros. Se pueden encontrar demonios y posesiones demoniacas el a la cultura islámica, en la cultura hebrea e incluso en la cultura japonesa.

Así pues, cada cultura tiene sus propios lineamientos para diagnosticar y tratar las posesiones demoniacas, por lo que no siempre es fácil identificarlos con los mismos estándares.

El arzobispo Andrés Tirado Pérez, quien ha sido un exorcista por más de 15 años ha explicado para los medios de comunicación las formas en las que una persona puede ser poseída por un ser maligno. Una posibilidad es encontrarse en un lugar en el que haya una presencia demoniaca que pueda contaminar a la persona, ya sea en lugares en los que han ocurrido muchas muertes violentas, donde han sido realizados actos de brujería, sesiones espiritistas o ritos satánicos. Otra forma es que la persona acuda a brujos o hechiceros para realizar ceremonias negativas o, por el contrario, ser el objetivo de uno de estos hechizos. Otro método, el cual se puede considerar el más espeluznante, es la invocación de un demonio para realizar un pacto satánico.

Si bien las películas han representado señales bastante grotescas de una posesión, son totalmente posibles, aunque no necesariamente las más comunes. En casos graves, las personas pueden presentar una elasticidad supernatural, capacidades telequinéticas y hablaré con voces distintas o en idiomas diferentes.

Por lo general, los síntomas que se suelen manifestar con mayor frecuencia son las convulsiones, un estado de histeria, pérdida de memoria, y una fuerza sobrenatural, aunque la persona tenga una complexión debilitada. Algunas víctimas pueden llegar a levitar.

Debido a que algunos de los síntomas son similares a enfermedades mentales, los sacerdotes experimentados trabajan a la par con psiquiatras y psicólogos para determinar la verdadera causa de las conductas extrañas de una persona. Una vez diagnosticada la posesión demoniaca, el sacerdote procede a realizar el exorcismo. Lo más frecuente es que el exorcismo requiere varias sesiones que pueden llegar a durar en días, meses o incluso años.

Entre más tiempo tarde, es más difícil de exorcizar a la persona.

El último grado de posesión y el más complicado de curar por la resistencia de la misma persona es la fusión o integración. En estos casos, la persona quiere estar con el demonio, ya sea por influencia o por deseo propio. La persona llega a adaptarse a su estado poseído e incluso pueden mantener una relación con el espíritu. Si el alma de la persona no llega a integrarse, todavía puede ser capaz de salvarse del infierno, según explica el arzobispo.

Los rituales de exorcismo pueden llegar a ser bastante violentos. Se puede requerir restringir los movimientos de la persona y eso puede causar lesiones graves e incluso la muerte, en especial para las personas que no pueden controlar su fuerza y sus movimientos. Uno de estos casos fue en el 2005, cuando una monja de Rumania murió sofocada y deshidratada durante un exorcismo ortodoxo. En el 2007, un joven de 22 años se ahogó durante un exorcismo maorí en Nueva Zelanda.

Después de un exorcismo, la persona liberada debe continuar con una vida espiritual consagrada a la oración y debe esforzarse por ser un mejor ser humano y así evitar que vuelvan los malos espíritus y las tentaciones.

Un psiquiatra estadounidense, el Dr. Richard Gallagher, como muchos otros, trabaja con los sacerdotes católicos para ayudarles a diferenciar las enfermedades mentales de los realmente poseídos. Para ser capaz de diagnosticar cualquiera de los casos, según dice, se debe tener una mente abierta, respeto por la evidencia y compasión por las personas que están sufriendo. Eso es lo que permite realmente distinguir entre una situación y otra, siempre teniendo como prioridad la salud y el bienestar de la persona afectada.

Así pues, la ciencia y la religión no son opuestos, sino que pueden trabajar en conjunto para discernir las verdaderas aflicciones de las personas. Hoy en día, es mucho más fácil distinguir si una persona padece una enfermedad mental y, en consecuencia, tratarla con el respeto y cuidado que se merece. Sin embargo, es indudable que hay casos que simplemente no se pueden explicar con la ciencia, puesto que se tratan de hechos paranormales.

Por desgracia, hay personas que solamente ven el mal en todas partes y pueden llegar a cometer actos terribles en nombre de Dios y la salvación, cuando en realidad resulta ser una manifestación de su fanatismo religioso. Desafortunadamente, esto también puede llegar a suceder con miembros de la iglesia católica que no son tan precavidos a la hora de diagnosticar posesiones demoniacas.

Por esa razón, según las instrucciones religiosas, todos los exorcistas deben trabajar a la par con médicos experimentados antes de realizar un exorcismo.

Este tema no deja de ser vigente en nuestra época actual en la que tenemos ciencia, medicina, psiquiatría, psicología y religión. Por esta razón, y quizás debido a los muchos acontecimientos violentos de estas últimas décadas, el Vaticano realizó su curso anual de exorcismo en el 2018 con mucha más participación que antes. Esto también se debe a que es posible que aumentara la influencia maligna porque ha disminuido la fe en Dios y ha aumentado el interés en lo oculto y prohibido.

A pesar del entrenamiento, los sacerdotes no pueden realizar un exorcismo sólo porque sí. Se debe contar con entrenamiento y el permiso de un obispo para realizar el rito sagrado. El hecho se debe manejar con discreción para evitar el sensacionalismo y asustar a la población. Se suele realizar durante el día, en los terrenos de la iglesia y con los familiares de las víctimas presentes.

Aunque pueda parecer anticlimático y poco emocionante para algunos, el ritual no suele ser demasiado llamativo, ya que consta, en su mayoría, de oraciones y de la fe de las personas.

Muchas de las asociaciones de salud no consideran que la posesión demoniaca sea un hecho verídico, sino que se trata de una manifestación de un trastorno disociativo en el que la persona quiere estar poseída por una divinidad o un demonio y que actúa bajo su control. Conforme han pasado los años y han aumentado los estudios científicos, cada vez se puede diferenciar con mayor precisión una enfermedad mental de una posesión demoniaca, como ya lo han atestiguado sacerdotes y psiquiatras.

A pesar de que las posesiones y los exorcismos han existido por cientos de años, el tema se volvió popular en nuestra época gracias a la película de *El exorcista*, así como también la película *El exorcismo de Emily Rose*, ambas basadas en hechos reales.

En estas películas, los cuerpos de los poseídos llegan a levitar tienen otros tantos síntomas violentos y grotescos que, como ya hemos dicho, no es lo más común.

Si bien puede llegar a suceder, las películas más bien dramatizan la práctica religiosa hasta el punto de hacerla aparecer ridícula y poco creíble. En realidad, la influencia demoniaca se presenta en formas más sencillas y difíciles de detectar, es decir, con la tentación. Las posesiones y exorcismos mayores son hechos muy raros.

En la mayoría de los casos, las personas no están poseídas, sino oprimidas o influenciadas por el demonio. Esto es algo ordinario que se puede presentar en el día a día, por lo que la iglesia católica se enfrenta a esto con prácticas religiosas normales como son las oraciones, las bendiciones y los sacramentos.

Varios sacerdotes de la actualidad se dedican a enseñar sobre el balance, para que las personas puedan saber que existen los demonios y así también se pueda proteger de ellos, sin dejarse influenciar por la versión exagerada de las películas y la ficción. Para muchos religiosos, la prioridad del mundo actual debería ser concentrarse en acabar con las manipulaciones demoniacas más mundanas como las adicciones y la violencia que azotan nuestros tiempos.

Por una parte, están las personas que se obsesionan con lo oscuro y terminan en prácticas de brujería y hechicería negra. Por otra parte, están las personas que se dejan llevar por la versión moderna de algo que existe, pero que ha sido exagerado hasta ser algo que llega a ser más ficción que realidad.

Después de esta introducción que explica qué es una posesión demoniaca sus síntomas, señales y manifestaciones, así como también de qué trata un exorcismo con una perspectiva realista y objetiva, ahora ya podemos comenzará a narrar las historias reales de posesiones demoniacas que han ocurrido a lo largo de la historia en occidente.

Algunas de estas historias pueden ser ya conocidas por el lector si es un curioso de estos hechos, puesto que son hechos reales y se han reportado en periódicos y noticias de todo el mundo. No obstante, aquí presentamos una colección de varias historias reales de posesiones que han ocurrido en diferentes lugares y épocas.

Desde una posesión espiritual inofensiva en un cuadro y la posesión demoniaca de animales, hasta crímenes horribles realizados en el nombre del demonio, presentamos a continuación una serie de narraciones que pueden no ser aptas para personas sensibles y fáciles de impresionar.

En muchos casos, las víctimas lograron salvarse debido a la intervención oportuna de sacerdotes, familiares, policías y médicos. Por desgracia, también hay casos en los que las víctimas han muerto debido a la intensidad de la posesión o más bien fueron las víctimas inocentes que cayeron en manos de personas poseídas.

Adelante, lector, atrévete a leer estas páginas y a permanecer incrédulo, sino que es que ya crees en las posesiones.

1

Clarita Villanueva, la posesión vampírica

CLARITA VILLANUEVA ERA una joven adolescente, atractiva y de talla pequeña, que vivió una vida difícil en las Filipinas durante mediados de los años cincuenta. Ella no era ajena a lo paranormal, ya que creció en un lugar en el que su madre llevaba a cabo sesiones espiritistas y predecía el futuro como forma de ganarse la vida. Sin embargo, cuando Clarita quedó frente a frente con lo demoníaco, ella estaba indefensa como cualquier otra persona.

Cuando su madre murió, Clarita quedó sola en el mundo y tuvo que valerse por sí misma desde los 12 años de edad. Ella comenzó como vagabunda, pero rápidamente cayó en el terrible mundo de la prostitución, ya que no tenía muchas opciones.

Se volvió hábil en su profesión y se concentró en la ciudad capital de Manila para tener mayores ganancias. No era la única joven desamparada, por lo que tenía que esforzarse para ganar lo necesario para sobrevivir.

Una noche oscura de 1953, cuando Clarita tenía 18 años, la policía de Manila la arrestó por los cargos de prostitución y vagancia. Fue en ese momento cuando la encerraron en la prisión de Bilibid y las autoridades descubrieron que había algo bastante extraño y perturbador con esta joven mujer.

Clarita dijo que había sido atacada repetidamente por dos criaturas durante un periodo de nueve días mientras estaba en la prisión. Los oficiales atribuyeron estos reclamos a una enfermedad mental y no le pusieron mucha atención hasta que comenzaron a aparecer marcas de mordidas en su cuerpo, principalmente en el cuello, por lo que se ganó el apodo de "chica vampiro".

Muy pronto, Clarita se encontraba en la oficina del alcaide acompañada por el médico a cargo y otros tantos testigos de varias profesiones. Aun frente a todos esos testigos, fue víctima de un ataque misterioso.

. . .

Comenzó a retorcerse, reír y gritar como si sintiera mucho dolor; los testigos observaron cómo aparecían las marcas de mordidas donde antes no había ninguna marca. Dijeron que las marcas de mordidas aparecían bajo la palma de la mano de una persona cuando sostenía su brazo, y entonces la marca se hacía visible cuando se retiraba la mano. Como si se tratara de moretones, pero en forma de mordidas.

En cierto punto, las personas presentes vieron que Clarita hizo un movimiento como de jalarle el cabello a algo o a alguien que no se podía ver y luego descubrieron que ella tenía mechones de pelo negro, grueso y lacio en su puño apretado. El cabello coincidía con el de las descripciones de sus agresores.

Clarita previamente al ataque, en otra ocasión, había descrito a uno de sus atacantes como un hombre alto, cubierto de cabello grueso y rizado en su cabeza, pecho y brazos. También tenía dientes anormalmente largos, similares a los de un perro, y sus ojos eran penetrantes, como si pudieran ver dentro de su alma. La otra criatura era muy bajita, como de unos 60 centímetros de alto, estaba vestida con una capucha negra y tenía dientes afilados como de vampiro y ojos abultados.

· · ·

Esos seres tomaban turnos para morderla, según dijo Clarita. El más pequeño se subía sobre su cuerpo para acceder a nuevos lugares donde morder. Ambos preferían las zonas carnosas de su cuerpo donde sería difícil que ella misma se hubiera mordido, señal de que ella misma no se había causado esas lesiones. Aparecían mordidas en la parte superior de su torso, en los brazos y en el cuello.

Las mordidas dejaban cardenales de color morado, descoloridos y, a veces, también dejaban un rastro húmedo.

Conforme siguieron estos horribles ataques, su historia rápidamente llamó la atención de los medios, llegando a ser la portada de muchos periódicos en Filipinas, Estados Unidos y eventualmente en todo el mundo. Los periódicos la representaban con una foto en la que la joven y atractiva mujer de pelo negro mostraba un rostro contorsionado por la angustia y los ojos llenos de desesperación.

Uno sólo puede imaginar el miedo y la impotencia que sentía Clarita, tan joven y sin una familia que pudiera cuidarla.

. . .

Otra foto de los periódicos reflejaba a una joven y hermosa mujer con su boca muy abierta por el dolor, los ojos cerrados con fuerza y, según informaba, en la agonía de una convulsión. Clarita comenzó a entrar en momentos de trance, seguidos de convulsiones que cada vez sucedían con más frecuencia. Durante sus trances, los profesionales médicos, que llegaron a acudir hasta 100 durante sus experiencias, trataron de picar su piel con agujas, pero ella no manifestaba ni una reacción. Parecía como si su cuerpo estuviera presente, pero Clarita no.

Algunos expertos médicos, como es de esperarse, insistían que sus experiencias no eran nada más que manifesta-ciones de histeria mental. Incluso insistían que las marcas de mordidas eran decoloraciones en la piel causadas por su mente, aunque no podían proporcionar una explica-ción sobre cómo podía su mente causar esas marcas.

Otras personas que fueron testigos de los mismos inci-dentes no estaban de acuerdo con los profesionales médi-cos, afirmando que algo invisible para todos, excepto para Clarita, la estaba atacando y todos estaban indefensos a la hora de protegerla. También señalaban la humedad similar a la saliva que aparecía alrededor de las marcas de mordidas como otra prueba para refutar esa dudosa teoría.

Entre los testigos también había un escéptico que acusaba a Clarita de montar todo un espectáculo para atraer la atención. Este hombre fue maldecido por Clarita. De acuerdo con los presentes, sus ojos anormalmente grandes y expresivos se estrecharon y adoptaron una apariencia similar a los ojos de una serpiente mientras ella sencillamente decía al escéptico: "vas a morir". Aunque no se puede comprobar si en efecto lo maldijo, el hombre murió al día siguiente.

Él no fue la única víctima de las supuestas maldiciones de Clarita. Uno de los carceleros principales había pateado agresivamente a Clarita por algún supuesto mal comportamiento. En respuesta, los testigos dicen que ella se volteó hacia el guardia y murmuró las mismas palabras.

Cuatro días después, el carcelero murió.

El miedo invadió a muchas personas en Manila porque llegaron a creer que Clarita no era solamente una víctima de posesión demoniaca, sino que era una poderosa bruja.

El hecho de que su madre fuera una adivina tampoco ayudaba a su caso.

Aunque muchos países de todo el mundo ofrecían ideas para curas y tratamientos, parecía que ninguna nación cristiana tenía la valentía para responder. Después de semanas de tormentos, la ayuda llegó a la torturada Clarita en la forma de un ministro americano, Lester Sumrall, quien ayudaba a construir algunas iglesias locales en Filipinas. Lester Sumrall sintió que Dios lo había llevado a ayudar a la joven y valientemente se acercó al alcalde y su equipo para pedirle permiso para visitar a Clarita, diciendo que ella padecía de un caso de posesión demoniaca.

Sumrall era un ministro protestante, por lo que no realizó un exorcismo católico romano, aunque sí fue un exorcismo de todas maneras. Conforme empezó a enfrentarse a los demonios en el nombre de Jesucristo, ellos comenzaron a hablar por medio de Clarita en dos voces distintas que correspondían a los dos demonios que Clarita decía haber visto. Después de unos días, Sumrall estaba seguro de que Clarita ya era libre de los poderes malignos hasta que volvieron una vez más y Sumrall se enfrentó a ellos otra vez en el nombre de Jesús. Finalmente logró expulsarlos de una vez por todas y alentó a Clarita a buscar la salvación para prevenir futuras posesiones demoniacas.

. . .

Clarita fue libre de los demonios el resto de sus días. Siguió activa en la iglesia de las Filipinas y luego se casó y tuvo familia.

2

Priscilla Johnson. Terror en la América colonial

PRISCILLA JOHNSON ERA una adolescente que vivía en la América colonial de 1670, en lo que luego serían los Estados Unidos. Era una jovencita delgada y rubia, intensa y extrovertida de 16 años de edad. Trabajaba para la familia del pastor local para llevar algo de dinero extra a su casa. Sin embargo, parecía que el demonio la estaba esperando justo afuera de la casa del ministro.

La pesadilla empieza cuando la familia del pastor comienza a observar una extraña conducta en la joven no mucho tiempo después de que Priscilla comenzara a trabajar para ellos. Dijeron que de repente mostraba cambios de expresión facial repentinos, que hablaba con algo que no estaba ahí y que reía histéricamente sin razón alguna, la cual a veces era tan violenta que caía al piso.

Esta conducta siguió por unas semanas hasta que de repente, cierta noche, se puso más grave en su casa. Priscilla comenzó a gritar por el terrible dolor que sentía, agarrando diferentes partes de su cuerpo por el terror. Su familia no le dio mucha importancia a esta conducta, incluso cuando se agarró la garganta, ahorcándose.

Quizás pensaban que intentaba llamar la atención. No obstante, era demasiado real para Priscilla.

Poco después, Priscilla comenzó a sufrir convulsiones en las que su cuerpo se retorcía y ella sólo era capaz de pronunciar las palabras "dinero", "miseria" y "pecado".

Era bastante extraño que ella permanecía completamente consciente durante las convulsiones, hasta el punto de ser capaz de repetir lo que otras personas decían en su presencia. Sin embargo, ella seguía sin tener el control de su cuerpo mientras se arrastraba por el piso. Su largo cabello rubio se sacudía en el aire mientras sus extremidades se contorsionaban en posiciones imposibles y dolorosas. Esto finalmente preocupó lo suficiente a sus padres como para que llamaran al pastor. Todos estuvieron de acuerdo que esto parecía que iba más allá de un acto por atención.

Otro hecho anormal de las convulsiones es que no parecían debilitarla en lo absoluto. Ella estaba más fuerte y con más energía después del ataque de lo que estuvo nunca antes, lo cual es todo lo contrario a una convulsión completamente física. Su fuerza se volvía tan omnipotente que requirió de seis hombres corpulentos para mantenerla quieta en el piso para que no se lastimara a sí misma, en especial cerca de la chimenea, un objetivo que parecía favorecer lo que sea que estaba controlando su cuerpo.

Además de tener la habilidad de escuchar a la gente a su alrededor, ella luego podía identificar a las personas en su habitación aun con los ojos bien cerrados, incluso si las personas estaban en silencio. Las convulsiones se intensificaban cuando el pastor entraba a la habitación, a pesar de que con los ojos cerrados no tenía forma de saber que había entrado.

Las convulsiones no eran la peor parte de la experiencia de Priscilla. Conforme avanzaba su posesión, se manifestaron otros extraños síntomas. Entre las convulsiones, ella saltaba por toda la casa haciendo ruidos de animales que iban desde los ladridos de los perros hasta el balar de las ovejas. Además, le habían surgido deseos asesinos.

· · ·

Esto comenzó con sus padres, pero luego incluyó a los vecinos y a los niños del pastor que ella solía cuidar. Lo peor es que era el más pequeño de los niños quien era el objetivo principal de la mayoría de sus obsesiones. Estos deseos homicidas eran tan fuertes que requerían de toda la voluntad que tenía para no actuar según estos. Según Priscilla, este fue uno de los aspectos más aterradores de su experiencia.

Cuando sus síntomas empeoraron, se la llevaron a vivir a la casa del pastor bajo el cuidado de la familia. Una noche después de su llegada, Priscilla despertó con el horrible impulso homicida bullendo en todo su ser, como si su misma sangre estuviera en llamas. Ella no podía sacar la idea de su cabeza.

Debilitada por los meses de luchar esas peleas, Priscilla se rindió. Después de agarrar una coa (una herramienta curvada similar a la hoz), ella avanzó silenciosamente por la casa y se dirigió a la habitación del pastor que estaba al final del pasillo. Convencida de que estaba dormido, Priscilla estaba lista para matarlo; sin embargo, él estaba caminando por el pasillo cuando se encontró a la joven que actuaba de forma muy extraña- Ella escondió discretamente la herramienta debajo de su camisón e inventó una excusa respecto a su presencia en el pasillo.

Asustada, pero aliviada, regresó a su habitación. Por suerte, el deseo asesino se había calmado. Faltaban unas cuantas semanas para que el pastor se enterara de lo cerca que estuvo de ser asesinado.

No obstante, estos deseos asesinos no estaban limitados exclusivamente a otras personas. Muchas veces, Priscilla luchó contra los pensamientos e impulsos suicidas, llegando al punto de ponerse de pie a la orilla de un pozo, preparándose para saltar, hasta que algo la distrajo y el impulso desapareció. También fantaseaba con ahorcarse a sí misma, pero nunca tuvo éxito a la hora de volver realidad esas fantasías.

Priscilla finalmente reveló que Satanás se le había aparecido múltiples veces mientras estaba trabajando y luego mientras vivió en la casa del pastor. Todo comenzó cuando ella se atrevió a entrar al sótano del pastor para agarrar algunas provisiones. Ahí, ella vio dos extrañas figuras, así que regresó corriendo, aterrorizada. Ella hizo que alguien la acompañara al sótano, pero no vieron a nadie. Aunque esta persona dijo haber visto a Priscilla hablando con alguien, aunque estaban solos. Priscila dijo que su error había sido saludar a quien luego ella creyó que era Satanás con las palabras "¿Qué sucede, viejo?". Aparentemente, un inocente saludo fue lo que le dio al ser maligno el acceso a su mente y luego a su cuerpo.

De acuerdo con ella, Satanás se le apareció muchas veces.

En su mano siempre cargaba con un libro lleno de los contratos que hacía con los individuos, firmados con sangre, y él también quería que ella hiciera un pacto con él. Priscilla dijo que él mencionó su descontento con la vida, es decir, vivir en un pequeño pueblo, ser de familia pobre, tener que trabajar para el pastor y nunca tener esperanzas para viajar por el mundo. Así que él le prometió algunas cosas muy tentadoras como la oportunidad de ver el mundo, tener una gran riqueza, ropas hermosas y nunca más tener que trabajar.

Priscilla dijo que nunca llegó a asociarse con el demonio, pero testimonios posteriores contradicen sus palabras.

Ella admitió que él solía aparecerse cuando se sentía más desdichada con la vida, deprimida, cargada de trabajo y anhelando algo emocionante. También admitió que lo escuchaba, en vez de huir de él, ya que él siempre parecía comprender sus desgracias.

Las palabras de Priscilla alternaban entre las de terror ante la visión del demonio y confesar quedarse a trabajar hasta tarde al propósito para irse a casa después de que oscureciera, por lo que tenía más probabilidades de encontrarse con el diablo. Él se aparecía ante ella en las sombras de la oscuridad en su solitario camino a casa, caminando, hablando y simpatizando con ella para lograr tentarla. Ella luego confesó que había viajado con él en al menos dos ocasiones: ella iba a caballo y él en la forma de un gran perro negro que la seguía de cerca.

El diablo no fue el único ser al que ella vio. Ella después dijo que, para su horror, ella había visto más criaturas demoniacas de lo que había visto humanos. Estas criaturas, de alguna manera, tenían forma humana, pero eran deformes, repugnantes y mutantes hasta el punto de ser horribles de ver. Algunos de estos demonios tampoco se conformaban con sólo aparecer; a veces la mordían, la ahorcaban, le hablaban o la arrojaban al piso. Aparentemente, al menos una de estas criaturas también era visible para otra jovencita.

Muchos cristianos de la comunidad rezaban y aconsejaban a Priscilla, incluyendo el pastor, pero todos tenían en mente la misma pregunta: ¿Priscilla de verdad estaba poseída?

Un médico local fue convocado para revisarla y su opinión inicial, basándose en el limitado conocimiento médico de la época, era que su posesión se debía a problemas estomacales y a mala sangre. Llegó al punto de decir que la mala sangre hacía que humores tóxicos se le concentraban en el cerebro, lo cual era el origen de todos sus problemas.

Le recetó una poción, que es probable que fuera un tipo de tranquilizante. Las convulsiones se hicieron menos frecuentes y menos intensas, y llevaron a Priscilla de regreso a casa de sus padres. Sin embargo, sus problemas todavía no habían terminado.

Con el tiempo, su conducta se volvió extraña otra vez y comenzó a alternar entre estar feliz por ser libre de los demonios y estar triste porque ya no recibía visita de ellos.

En poco tiempo, las convulsiones volvieron con fuerza, mostrando una vez más las imposibles contorsiones con la misma conciencia de su entorno. No obstante, esta vez, Priscilla no podía hablar para nada: su lengua estaba levantada hacia su paladar.

. . .

En ocasiones, su lengua permanecía en esa posición por horas, e incluso los hombres más fuertes no eran capaces de moverla de esa posición. Conforme empeoraba su condición, volvieron a llamar al pastor.

A partir de ese momento, ella comenzó algo que sólo puede ser descrito como un descenso hacia la locura y el tormento. Las convulsiones comenzaron a durar horas por ataque y su conducta entre los episodios se volvió errática y sin sentido. Tenía que ser vigilada de cerca debido a múltiples intentos de suicidio, pero los que la vigilaban tenían que ser cuidadosos porque podía atacarlos con mucha violencia. Cuando tenía éxito lastimando a alguien, ella se reía con un placer diabólico.

El pastor y la familia de Priscilla, al parecer, comenzaron a dudar de que estuviera realmente poseída. Priscilla se confesaba sobre algo un día, y se retractaba al siguiente, y luego volvía a confesar algo similar días después. Comenzaron a sospechar que todo era un intento para llamar la atención, justo como se imaginaba su familia al inicio. Pero días después cambiarían de opinión.

Cierto domingo, las convulsiones de Priscilla comenzaron otra vez, pero, de repente, su lengua salió de su boca tan lejos que parecía físicamente imposible. Su cuerpo, muy hinchado y carnoso, comenzó a doblarse y a girar como si fuera una contorsionista de circo. Luego salió una nueva voz de sus labios. Era una voz masculina, profunda, gutural y agresiva que se burlaba de ellos por acudir a la iglesia esa mañana de domingo y le dijo al pastor que era un repugnante mentiroso.

La familia llamó inmediatamente al pastor por miedo.

Cuando llegó, él estaba muy desconcertado. Nada en la conducta de Priscilla hasta ese momento apuntaba tan claramente a una posesión demoniaca. El pastor luego admitió que estaba aterrado, ya que nunca había lidiado con una posesión demoniaca tan de cerca y de forma personal, además de que ya no podía negar los rasgos demoniacos de lo que estaba pasando.

En ese momento, la malvada voz que venía de Priscilla comenzó a nombrar a los que estaban presentes y luego a enlistar cada secreto y acto pecaminoso que la persona hubiera cometido en el pasado, incluso aquellos que Priscilla no tenía forma de saber. Eso asustó a muchos de los presentes, por supuesto, y apuntaba una vez más a poderes demoniacos.

Cuando se le confrontó respecto a quién era, el espíritu contestó, "yo soy un niño bonito y esta es mi niña bonita". Esto les generó unos escalofríos a los padres de Priscilla, esa cosa malvada estaba reclamando a su joven hija como su propiedad.

Los presentes comenzaron a rezar por la liberación de Priscilla. Ella se quedaba en silencio en esos momentos, pero en el instante en el que dejaban de rezar, la misma voz demoniaca volvía a hablar. La batalla continuó varios días más hasta que todos los involucrados estaban agotados.

Con el tiempo, las convulsiones se volvieron más leves, pero ella nunca recuperó la habilidad para hablar. El espíritu malvado eventualmente dejó de hablar a través de ella y sólo se requería una persona para vigilarla por su seguridad. Por desgracia, Priscilla nunca se recuperó por completo.

3

Julia, la sacerdotisa de Satanás

EL DOCTOR RICHARD GALLAGHER, un psiquiatra certificado, publicó un artículo titulado "Entre las muchas falsificaciones, un caso de posesión demoniaca" (*Among the Many Counterfeits, a Case of Demonic Possession* en el inglés original) en la revista *The Oxford Review* (marzo 2008), en el que hablaba de sus experiencias con una paciente que, según estaba completamente convencido el doctor, estaba poseída por un demonio.

Julia, el pseudónimo que utilizó el médico para su paciente, era una mujer de cuarenta y pocos años, inteligente y autosuficiente a quien describió como muy lista.

. . .

En una conversación informal con ella, no había nada que hiciera sospechar que estaba controlada por algo paranormal y parecía ser bastante lógica y bastante cuerda. Ante todas las apariencias, Julia era una mujer normal, atractiva y bien hablada. El elemento principal que sí resaltaba de Julia era su elección bastante dramática de apariencia, todas sus ropas eran negras y combinaban con un abundante maquillaje oscuro.

Julia era una autoproclamada sacerdotisa satánica que había participado en varios cultos satánicos a lo largo de los años. No había nada para hacer que los involucrados en su caso dudaran de la verdad de esto, e incluso ella admitió que era la causa más probable de su posesión.

Al inicio, ella pidió ayuda a la Iglesia Católica cuando sus síntomas comenzaron a manifestarse. Al ser criada como católica, a pesar de haber rechazado el catolicismo en el pasado, ella creía que era su mejor opción. Fue uno de los sacerdotes que trabajaba en su caso quien le pidió al Dr. Gallagher que participara en su caso.

Algunos de los aspectos más escalofriantes de la posesión de Julia eran las voces que hablaban a través de ella.

· · ·

Iban desde lo más profundo, gutural y amenazante hasta lo anormalmente agudo. Todas las voces eran, sin lugar a dudas, diferentes de la voz normal de Julia, así como también de sus formas de expresión. Las voces reclamaban la posesión sobre Julia y se burlaban de aquellos que querían ayudarla utilizando lenguaje soez y escatológico. Estas voces expresaban un increíble nivel de odio y hostilidad además de saber cosas perturbadoras sobre las personas que estaban cerca de Julia.

Estas voces no sólo hablaban inglés, como lo hacía Julia; eran fluidas en español, latín y griego. Parecía que disfrutaban distraer a los padres y a las monjas involucrados que utilizaban los lenguajes clásicos. Las voces siempre eran crudas y abusivas, puntualizando sus amenazas con lenguaje grosero. Nada de esto era el típico patrón del habla de Julia o el contenido de sus conversaciones; tampoco era el tono de su voz ni usaban expresiones que pudieran reflejar a Julia.

En un incidente, Julia le mencionó a un miembro de su equipo, "aquellos gatos sí que tuvieron una tremenda pelea anoche, ¿no?".

· · ·

La mayoría de las personas no pensarían que estas palabras están fuera de contexto; sin embargo, ese miembro del equipo vivía en una ciudad diferente a la de Julia y se había despertado a las 2 a.m. porque sus dos gatos, que normalmente se llevaban bien, tuvieron una ruidosa pelea. Al parecer, lo que sea que estaba controlando a Julia sabía de eso e incluso pudo haberlo provocado. Este evento fue, por lo menos, bastante intimidante, que no cabe duda que ese era su propósito.

En otra ocasión, Julia habló con otro miembro del equipo sobre su familiar difunto, con información respecto a su relación, personalidad y el tipo de cáncer que había sufrido. Julia no tenía información previa respecto a la familia del miembro del equipo. Una vez más, lo que sea que estuviera controlando a Julia trataba de intimidar a aquellos que trabajaban para liberarla.

Julia solía revelarles a los miembros del equipo sus debilidades y pecados secretos además de mencionar con precisión el lugar y las acciones de las personas que trabajaban en su caso, incluso antes de conocerlas. Los miembros creían que algo quería que el equipo supiera que no había nada que esa cosa no pudiera saber sobre ellos.

. . .

Durante sus exorcismos, Julia podía notar la diferencia entre agua bendita y agua de la llave. Si se le echaba agua normal o se le rociaba encima, ella no mostraba ninguna reacción física; sin embargo, si se le echaba agua bendita, ella gritaba como si sintiera un terrible dolor.

Las voces que hablaban a través de Julia no sólo se limitaban a los momentos de evaluación y exorcismos. En un episodio bastante espeluznante, el Dr. Gallagher estaba hablando del caso de Julia por teléfono con un padre muy lejos de donde estaba Julia. En medio de la conversación, una de las voces demoniacas de Julia interrumpió la conversación, ordenando que dejaran a Julia en paz. Ambos hombres estaban bastante desconcertados respecto a cómo hizo la voz para estar en la llamada telefónica y cómo sabía que estaban hablando de ella en ese momento.

No obstante, lo que sí impresionó a todo el equipo fue cuando, en ocasiones, Julia llegaba a levitar durante los exorcismos. En una situación en particular, un grupo de testigos, incluyendo profesionales de la salud y monjas que trabajaban como enfermeras psiquiátricas, vieron a Julia flotar sin apoyo alguno unos 30 centímetros sobre el piso por media hora.

· · ·

Esta no fue la única vez que la vieron levitar, pero fue la situación más impresionante y ocurrió durante un intento de exorcismo.

La levitación no era la manifestación más dramática asociada con la condición de Julia. Durante otro incidente de levitación, mientras flotaba en el aire a unos 15 centímetros del suelo, algunos objetos comenzaron a salir volando de las repisas en la habitación en una espeluznante demostración de lo que los expertos llaman psicoquinesia. Lo que fue bastante extraño, es que cuando luego le preguntaron a Julia sobre el incidente tiempo después, ella no recordaba nada.

Cuando levitaba o hablaba en esas otras voces, Julia entraba en un estado como de trance. Era como si ella saliera de su cuerpo y otra cosa entrara.

Durante estos trances, además de manifestar poderes paranormales, Julia hablaba de ella en tercera persona y mucho de lo que decía tomaba la forma de provocaciones, insultos y amenazas. Frases como "¡ella es nuestra!", "¡déjala en paz, imbécil!" y otras expresiones bien condimentadas con blasfemias extremas eran bastante comunes.

Otra característica de lo que decía era un gran desprecio por la religión y todo lo sagrado llegando hasta el punto de decirle a las monjas "putas". Ella también llegó a exhibir fuerza sobrehumana que incluso requería de al menos tres mujeres que la sostuvieran para que no pudiera lastimar a otras personas o a ella misma.

El verdadero exorcismo comenzó un día soleado y cálido.

Llevaron a Julia para otro intento de exorcismo.

Conforme la metían a la habitación, los presentes sintieron un descenso repentino de la temperatura en el lugar; era un frío poco natural que les daba escalofríos hasta los huesos conforme la habitación adquiría una atmósfera hostil y misteriosa. Aun así, cuando los demonios comenzaron a hablar a través de Julia, las cosas cambiaron radicalmente. La temperatura en la habitación aumentó y aquellos que estaban trabajando con ella sudaban profusamente conforme la temperatura seguía aumentando hasta niveles casi insoportables.

Mientras siguieron con las oraciones y los rituales, a pesar del calor asfixiante y poco natural, los sonidos que salían de Julia cambiaron a escalofriantes rugidos animales, aparentemente imposibles para cualquier humano. Poco después, las voces cambiaron a su conducta normal, utilizando diferentes lenguajes para proferir desprecio, abuso y sacrilegio con una gran ira y odio.

Por desgracia, aunque los exorcismos resultaron ser de ayuda, Julia nunca logró la completa libertad de los demonios que la poseían.

4

Michael Taylor. Del exorcismo al asesinato

MICHAEL TAYLOR, esposo de Christine Taylor y padre de cinco hijos, era un carnicero en Ossett, Inglaterra. Él y su familia parecían una típica familia de los setenta. Michael estaba felizmente casado, amaba a sus hijos y no sufría de depresión ni de otros problemas mentales. Era un hombre de 30 años, de apariencia promedio con una gran sonrisa y una personalidad relajada, aunque sí padecía de un dolor crónico de espalda. Su joven esposa, Christine, era una mujer rubia y atractiva que parecía estar muy apegada a él.

No obstante, su tranquila vida dio un giro perturbador cuando Michael se vio involucrado en una secta religiosa local llamada El Grupo de la Comunidad Cristiana.

· · ·

Él y su familia no eran religiosos para nada hasta que un vecino lo invitó a asistir a una de las reuniones. Ahí, conoció al líder seglar del grupo, Marie Robinson, de 22 años de edad, y se obsesionó tanto con el grupo como con ella.

Este grupo, después descrito como un culto por algunos de los involucrados, muy pronto absorbió mucho del tiempo de Michael. Comenzó a asistir a todos los servicios, participar en reuniones como de salvación y a acudir a reuniones de oración personal con Marie. También pasaba cada vez menos tiempo en casa y, cuando estaba en casa, las cosas eran muy diferentes. Christine, que había comenzado a sospechar que había algo más en la relación de Michael y Marie que sólo oraciones, comenzó a preocuparse mucho.

Ella comenzó a preguntarse si su marido estaba teniendo una aventura con Marie. Tiempo después, Michael dijo que recordaba aparecer repentinamente desnudo en frente de Marie y sentir una emoción malvada dentro de él. Él dijo que sus ojos se volvieron unas hendiduras y que ella lo sedujo. Intentó combatirlo, según dijo, pero la tentación lo superó.

· · ·

Él dijo haber ido a ella buscando conocimiento y guía espiritual, pero, en retrospectiva, él podía ver que ésta no era la forma adecuada y se sentía traicionado.

Marie, no obstante, contó una historia completamente diferente. Ella dijo que estaba visitando a Michael en su casa y, cuando Christine dejó la habitación, Michael la había besado. Marie rechazó sus intentos, recordándole lo mucho que amaba a su esposa. Él estuvo de acuerdo y, cuando Christine volvió a la habitación, le informó que se había logrado una gran victoria porque él y Marie habían superado sus pasiones.

De cualquier manera, es bastante claro que algo estaba mal con la mente de Michael. De acuerdo con aquellos que lo conocían mejor, este simplemente no era el Michael que conocían; se había dado algún cambio drástico en su comportamiento, y no era bueno. Además de todo esto, perdió su trabajo y estaba sufriendo de una gran depresión.

Christine, su esposa de 29 años de edad y madre de sus hijos, comenzó a preocuparse cada vez más por él. Finalmente, ella no pudo resistir más y tomó cartas en el asunto con sus propias manos.

Durante un servicio religioso, ante la congregación, ella abiertamente acusó a Michael de haberla engañado con Marie. Ella esperaba que Michael reaccionara con enojo, sin duda, pero ella nunca hubiera esperado lo que pasó después.

Normalmente relajado y dócil, Michael se volteó con una gran furia, no hacia Christine, sino a Marie. De acuerdo con los testigos, sus gestos faciales se contorsionaban en algo casi bestial conforme se ponía de pie y se dirigía hacia ella, evitando obscenidades y diciendo cosas en diferentes idiomas. Enojado, él la abofeteó brutalmente en el rostro. Marie dijo que la mirada en sus ojos la había convencido de que él quería matarla y ella estaba aterrada por su vida. Varios miembros del grupo saltaron hacia ellos para agarrar a Michael antes de que siguiera lastimando a Marie, aunque les tomó algo de tiempo restringirlo.

Michael siguió gritándole a Marie, cambiando de un idioma a otro. Aterrorizadas, tanto Marie como Christine comenzaron a rezar en el nombre de Jesús. Conforme lo hacían, Michael se tranquilizó lo suficiente como para ser liberado. Después de que todo había terminado, Michael insistió que no recordaba nada de lo que había ocurrido.

. . .

Michael regresó a la siguiente reunión y, aparentemente, todo el grupo, incluyendo Marie, lo habían perdonado.

De forma contraria, las cosas no estaban del todo bien en casa. Incluso antes del incidente, Christine había notado que su conducta había cambiado.

Él estaba irritable, enojado y deprimido, y cuando estaba en casa parecía que ahogaba la felicidad de su existencia.

En público, él hacía cosas extrañas como escupirles a las personas y decirles que él era lo mejor de la raza humana.

Incluso los vecinos notaron que la familia, normalmente alegre y bulliciosa, estaba anormalmente silenciosa y reservada.

Conforme su conducta comenzó a ser más y más errática, alguien habló con un sacerdote anglicano local. Basándose en lo que había escuchado, el sacerdote decidió que era necesario un exorcismo.

· · ·

Fueron convocados tanto un ministro anglicano como un ministro metodista para ayudar con el exorcismo, al cual Michael estuvo de acuerdo en participar.

Michael y su joven esposa se reunieron con el equipo del exorcismo, el cual duró toda la noche e incluso parte de la mañana. Durante este proceso, Michael sufrió convulsiones junto con gritos, mordidas, arañazos y escupitajos.

Lo amarraron al suelo por la seguridad de todos. En cualquier momento en el que una persona se acercaba a Michael, él le gruñía y mordía como si fuera un animal salvaje.

Las oraciones, confesiones y lectura de la Biblia siguieron varias horas mientras Michael peleaba, momentos en los que a veces parecía más animal que humano. Temprano, a la mañana siguiente, el equipo dijo haber expulsado 40 demonios fuera de Michael, incluyendo demonios de incesto, bestialidad, blasfemia y lascivia. Agotados, los miembros del equipo decidieron parar e intentarlo otra vez un poco de tiempo después, ya que sentían que quedaban tres demonios: demonios de la locura, asesinato y violencia.

. . .

La esposa de uno de los ministros estaba presente en el exorcismo y ella estaba muy, pero muy segura de que, si el equipo dejaba ir a Michael, era casi seguro que mataría a Christine. Ella habló con su marido y le rogó que el equipo continuara un poco más y no dejará ese trabajo tan peligroso e importante sin terminar. Por desgracia, el equipo, tan cansado como estaba, ignoró sus palabras, las cuales demostraron ser proféticas.

Michael volvió a casa con Christine para descansar para otro exorcismo. Dos horas después de que habían regresado, Christine estaba muerta.

Michael la había ahorcado con sus propias manos. Luego, mientras estaba aparentemente desnuda, él le había sacado a los ojos, le había arrancado la lengua y había desgarrado la mayoría de su cara. Todo con sus manos desnudas y sus uñas. Los reportes de la autopsia demuestran que ella murió rápidamente, pero había inhalado algo de su propia sangre. Por suerte, los niños no estaban en casa cuando esto sucedió, pero la policía también encontró al poodle de la suegra de Michael ahorcado y que le habían arrancado casi todas las extremidades.

· · ·

La escena del crimen era bastante perturbadora, incluso para los oficiales más experimentados en la fuerza policial local, quienes tuvieron bastantes problemas con esos recuerdos por años. Los oficiales describieron a Christine como simplemente destrozada en pedazos.

El asesinato fue descubierto de que Michael fue encontrado vagando en las calles, desnudo y cubierto de sangre, gritando "¡es la sangre del Diablo! ¡es la sangre del Diablo!". Los oficiales lo pusieron bajo custodia y se descubrió la escena del crimen cuando volvieron a su casa para comprobar que estuviera bien su esposa.

Michael se había convencido de que Christine era la que estaba poseída por el demonio, confesándole luego a los oficiales: "liberado. Estoy liberado. Se acabó. La maldad en su interior ha sido destruida". Parecía que los demonios todavía lo controlaban, con la única salida en la que Michael y Christine eran libres era que Christine muriera.

La esposa del ministro estaba en lo correcto: esos demonios de violencia, locura y asesinato querían ver a Christine destruida.

. . .

A Michael se le en juicio por asesinato, pero fue absuelto bajo los términos de locura. Él intentó suicidarse cuatro veces y pasó dos años en un hospital mental, el nuevo dos años en un ala de seguridad. Años después de su liberación, Michael fue arrestado y enjuiciado por haber tocado inapropiadamente a una niña menor de edad. Se le declaró culpable y en menos de un año en su sentencia, se notó que estaba manifestando el mismo tipo de comportamiento que antes de matar a Christine. Se le mandó una vez más al cuidado psiquiátrico.

Se especula que nunca fue liberado de los demonios que lo llevaron al asesinato de su esposa y haber dejado a sus cinco hijos sin madre y con lo que parecía un monstruo por padre, demostrando así que la posesión demoniaca no sólo afecta al poseído.

5

Posesión masiva en la escuela Elsa Perea Flore

Existen muchos nombres que se le asignan a lo que ocurrió en la escuela secundaria peruana en 2016: histeria masiva, posesión demoniaca contagiosa y/o interferencia demoniaca. Los reportes mediáticos iniciales establecen que los niños estaban sufriendo de una condición contagiosa, pero nunca se encontró una explicación médica.

Todo comenzó cuando cerca de 20 niños, entre las edades de 11 a 14 años, cayeron enfermos violentamente casi al mismo tiempo en el Colegio Elsa Perea Flore en Tarapoto, Perú, alrededor de dos meses después de haber comenzado las clases.

· · ·

Estos estudiantes, de diferentes clases, estaban en su rutina típica diaria cuando comenzaron a tener convulsiones y ataques, seguidos de delirios, escuchar voces, náuseas, vómitos, echar espuma por la boca y desmayos.

Eventualmente, 100 niños fueron víctimas de los mismos síntomas y solían desmayarse casi al mismo tiempo, aunque estuvieran en diferentes salones de clase. La cantidad de niños que enfermaron al mismo tiempo hizo que fueran llevados al hospital en camiones en vez de ambulancias.

Cuando llegaron al hospital, los doctores y las enfermeras solamente pudieron tratar los síntomas porque no tenía idea de cuál era la causa. Su único recurso era etiquetarlo como un caso de histeria masiva.

Las fotos publicadas por los medios en ese momento eran bastante perturbadoras: niños de secundaria, en uniformes de cuadros a juego y calcetines blancos a la rodilla, todos en varios estados de enfermedad y terror.

Algunas de las imágenes mostraban a los doctores y enfermeras cargando a los niños fuera de la escuela.

Otras imágenes mostraban a los niños restringidos contra los escritorios, amigos y maestros tratando de dominarlos para prevenir que se lastimaran a sí mismos por el miedo y la locura. Una imagen mostraba a una niña de cabello oscuro, su cabeza era cargada por un adulto y sus ojos que estaban fijos en algo que nadie más veía, mientras que su boca estaba abierta en un grito espeluznante.

Lo que estaba asustando tanto a estos niños no eran los síntomas de la enfermedad, a pesar de que eran tan aterradores. El origen de su miedo era una visión común que afectó a todos los niños por la experiencia paranormal que experimentaron: un hombre alto y con barba.

Todos los niños dijeron haber sido perseguidos por un hombre alto con una gran barba y vestido con ropas oscuras, intentando hacer contacto físico con ellos, un contacto al que tenían miedo de forma instintiva. Los niños dijeron que los perseguía sin descanso, aunque durante esos momentos todos a su alrededor dijeron que esos niños estaban inconscientes, pero gritaban de terror.

· · ·

La causa de esta epidemia sigue sin ser clara. Algunas personas dicen que comenzó después de que unos cuantos estudiantes utilizaron una Ouija para intentar comunicarse con los fantasmas que embrujaban la escuela. Las autoridades y las figuras religiosas nunca confirmaron esto.

Otra posibilidad es la historia de que durante la construcción de la escuela se descubrieron restos humanos. A pesar del descubrimiento de lo que muchos creían que era una tumba masiva usada por la mafia local, la construcción siguió. ¿Podría ser que este cementerio, sobre el cual fue construida la escuela, fuera el origen de ese problema?

Los oficiales de la escuela y los Padres llamaron a todos los expertos conocidos, desde médicos e investigadores hasta hombres santos, sacerdotes y exorcistas (quienes llevaron a cabo misas en el campus). Nada parecía solucionar los problemas. Por dos meses, esta epidemia paranormal se extendió por toda la escuela, y luego, de repente, simplemente desapareció de forma tan misteriosa como empezó.

Por suerte, todos los estudiantes se recuperaron bastante rápido.

Una visita a la página de Facebook de la escuela muestra que todo parece haber vuelto a la normalidad... por ahora.

6

David: el hombre bestia y el niño

DAVID TENÍA CERCA de 11 años cuando su familia comenzó a renovar una nueva propiedad. Cierto día, mientras su familia estaba ocupada remodelando esta casa más vieja, la madre de David lo vio caer repentinamente hacia atrás en la cama sin una razón aparente.

Naturalmente, ella le preguntó qué sucedía y su respuesta fue bastante desconcertante: "el hombre viejo me empujó".

Cuando se le presionó, David le dijo a su madre que había sido empujado a la cama por un hombre viejo vestido con jeans y una playera de franela.

. . .

Tenía una barba muy blanca, pero su piel era muy rugosa, como si se hubiera quemado. Él dijo que después de haber sido empujado por el viejo, él había apuntado un dedo largo y delgado hacia su pecho y simplemente dijo "¡Cuidado!". Su madre no vio nada y decidió que David solamente estaba intentando evitar su trabajo.

Resultó que este solo era el inicio de una temporada de terror absoluto para el joven David.

Después, David comenzó a tener pesadillas en las que veía a lo que él llamaba "el hombre bestia". Esta criatura se veía algo así como un hombre alto y oscuro a primera vista, pero sus ojos eran grandes y completamente negros, sus pies tenían la forma de pezuñas, sus gestos faciales eran animales, sus orejas eran grandes y puntiagudas, sus dientes estaban mellados y tenía unos cuernos que salían de su cabeza.

David dijo que esta criatura aparecía en sus pesadillas y que quería su alma. Su madre estaba preocupada por estas pesadillas recurrentes que hacían que David se despertara gritando, pero las cosas se pusieron peor.

. . .

Después de las pesadillas, ella encontraba moretones y marcas de rasguños en David que no tenían una explicación natural y parecían aparecer mientras dormía.

Imaginen el terror de David cuando el hombre bestia comenzó a aparecer durante la luz del día. No sólo eso, pero imaginen el miedo de la familia cuando unas profundas marcas de rasguños aparecieron en la puerta principal más o menos a la misma hora en la que David dijo haber visto al hombre bestia en la casa.

Las situaciones se volvieron cada vez más terribles cuando ruidos misteriosos comenzaron a surgir del ático. Debbie, la hermana mayor de David, le pidió a su novio, Cheyenne, que se quedara con la familia para ayudar con lo de David. Cuando los ruidos comenzaban, Cheyenne rápidamente subía al ático, sólo para descubrir que nada podía estar causando esos ruidos misteriosos.

Conforme las cosas continuaron, la personalidad de David comenzó a cambiar y sus pesadillas se volvieron mucho peores. Eventualmente, alguien tuvo que quedarse despierto con él toda la noche porque sufría convulsiones alrededor de cada 30 minutos.

· · ·

Además, llegó a subir casi 30 kilos en sólo unos cuantos meses, a pesar de la privación de sueño, las convulsiones y los altos niveles de estrés que sufría.

Llamaron a un sacerdote para realizar una bendición en la casa, pero eso parecía intensificar los problemas de David. Salían más ruidos del ático, así como también aumentaron las apariciones diurnas del hombre bestia y también del hombre con barba. David comenzó a manifestar una conducta bastante perturbadora, como escuchar voces que nadie más escuchada y gruñir. David comenzó a patear, morder y a insultar utilizando palabras de su familia ni siquiera sabía que él conocía. También gruñía y siseaba, como algún tipo de bestia en vez de un niño pequeño. Ya no parecía ser David.

David comenzó a citar literalmente el *Paraíso perdido* de Milton, un material bastante difícil de leer para un niño de once años y ciertamente no estaba entre las lecturas preferidas de David. También comenzó a hablar con voces extrañas y a decir cosas en latín.

Fueron convocados Ed y Lorraine Warren, demonólogos muy conocidos, para ver si podían hacer algo para identificar la fuente del problema y ayudar a David.

Lorraine identificó una presencia maligna que perseguía a David. Mientras David estaba sentado en la cocina familiar durante su entrevista inicial con los Warren, Lorraine vio una niebla muy oscura y ominosa que tomaba forma al lado de David. Momentos después, David dijo que estaba siendo ahorcado y aparecieron enormes moretones rojos en su cuello donde momentos antes no había nada. Los Warren estaban seguros de que estaba involucrada una entidad demoniaca.

Se convocó a cuatro sacerdotes y se llevaron a cabo una serie de tres exorcismos no oficiales. Durante los exorcismos, David gruñía, siseaba, se retorcía, pateaba, peleaba y escupía como un animal salvaje. Voces extrañas que hacían declaraciones y profecías horribles hablaban a través de él. De acuerdo con los Warren, se habían expulsado 43 demonios del joven David.

Después de los exorcismos, David comenzó a mejorar de forma increíble. Los ruidos en el ático se detuvieron, así como las convulsiones y las pesadillas. Aun así, el hombre bestia todavía no había terminado con esta familia.

7

Cheyenne: el hombre bestia y el chico bueno

CHEYENNE ERA un joven hombre de 19 años de edad, con la reputación de trabajar duro por las personas que amaba. Él había dejado la escuela antes de graduarse para ayudar a su familia, e incluso había comprado una vieja chatarra como carro para que su madre no tuviera que caminar de ida y de regreso al trabajo.

Este joven agradable, bien parecido y rubio, con un cuerpo musculoso y compacto haría cualquier cosa por cualquier persona. Cuando descubrió que David, el hermano pequeño de su novia, estaba pasando por una situación aterradora, él estaba más que feliz de mudarse con la familia y ayudarles en lo que pudiera.

· · ·

Cheyenne estaba presente cuando los sacerdotes realizaron los exorcismos en David, a quien llegó a querer como su propio hermano pequeño. No obstante, durante uno de estos exorcismos, Cheyenne cometió un error bastante serio. En su preocupación por David, él retó a los demonios a "dejar en paz al pequeño" y que mejor fueran contra él.

En ese momento, parecía que nada hubiera sucedido, pero le demonóloga Lorraine Warren sabía que podía haber repercusiones graves para Cheyenne. Ella incluso llegó a advertir a la policía local que podría haber problemas y les pidió que por favor mantuvieran vigilado a Cheyenne.

En poco tiempo, Cheyenne y su novia, Debbie, estaban comprometidos y habían decidido mudarse a un lugar propio. Debbie lograr ganar un empleo para el dueño de una estética canina y perrera local llamado Alan, quien tenía alrededor de 40 años. Alan era dueño de un departamento junto a la perrera y ofreció rentárselo a Debbie y a Cheyenne. Ellos aceptaron su oferta y parecía que todo iba muy bien, al menos por un tiempo.

· · ·

Debbie se dio cuenta de que Cheyenne comenzaba a entrar en trances, en los cuales él parecía estar buscando alrededor y viendo algo que Debbie no podía ver. Esto inmediatamente le recordó a Debbie lo que había sucedido con su hermano menor, David. Ella también recordó que una de las voces que había salido de David dijo que el hombre bestia entraría a Cheyenne y haría que asesinara a alguien. Debbie recordó que David juró haber visto al hombre bestia entrar en el cuerpo de Cheyenne.

Tan pronto como terminó el trance, Debbie confrontó a Cheyenne sobre lo que pasaba, pero él no recordaba nada de lo que había sucedido; era como si el trance simplemente fuera tiempo perdido. Debbie estaba horrorizada, pero no podía hacer nada. De repente, Cheyenne comenzó a tener encuentros con la policía local, aunque él no tenía ningún antecedente delictivo y nunca se había metido en problemas con las autoridades.

Cierto día fatídico, Cheyenne decidió reportarse enfermo en el trabajo al que asistía como restaurador de árboles.

Él decidió que pasaría el día con Debbie y su hermana, Wanda, mientras ellas trabajaban en la perrera.

· · ·

Conforme pasaba la mañana, llegó la prima de 9 años de Debbie, Mary. En conjunto el pequeño grupo estaba disfrutando de la compañía de los perros y hablando.

Cerca de la hora del almuerzo, el jefe y casero de Debbie, Alan, apareció y se los llevó a almorzar a un bar local.

Alan y Cheyenne quedaron muy borrachos y, conforme regresaban a la perrera, Debbie comenzó a tener un muy mal presentimiento.

Mientras ella decidía qué hacer con sus emociones, Cheyenne y Alan comenzaron a discutir. La discusión aumentó rápidamente y Cheyenne comenzó a gruñir y a sisearle a Alan. Su comportamiento cada vez se volvía más bestial.

Al saber que algo muy malo podía pasar, Debbie estaba lista para sacar a Wanda y a Mary de la habitación. Ella logró agarrar el brazo de Wanda, pero cuando Alan vio que iban a salir, él agarró del brazo de la pequeña Mary y se negó a dejarla ir.

. . .

Cheyenne sacó una navaja de 10 centímetros de su bolsillo y apuñaló a Alan en el estómago. En vez de sacar la navaja, la empujó hacia arriba hacia el corazón de Alan. Debbie sacó a todos de la habitación mientras Cheyenne comenzaba a acuchillar repetidamente a Alan en el pecho y en el estómago antes de huir.

La policía llegó y Alan murió varias horas después. Los doctores estaban horrorizados con la gran medida que se extendía desde el estómago hasta el corazón. También notaron otras cuatro heridas grandes en su cuerpo y un total de 40 puñaladas.

La policía arrestó a Cheyenne a unos 3 kilómetros de la escena del crimen. Sin duda, Cheyenne fue juzgado por asesinato y cuando los abogados intentaron liberarlo del cargo bajo el hecho de que estaba poseído por un demonio, el juicio fue conocido como el "juicio de asesinato demoniaco".

El juez se rehusó a permitir que Cheyenne refutara los cargos basándose en posesión demoniaca y el juicio siguió como un juicio de asesinato normal, a pesar del circo mediático que rápidamente lo rodeó.

. . .

Cheyenne fue sentenciado y cumplió una sentencia de 5 años de los 10 a 20 que le habían asignado. Él y Debbie ahora están felizmente casados y parece que el hombre bestia los ha dejado en paz.

8

Clara Germana Cele, la chica serpiente

CLARA FUE una huérfana Bantu que creció en la Misión St. Michael en Natal, Sudáfrica. Se le solía describir como una adolescente bien portada, saludable y normal con cierto toque caprichoso. Ciertamente, ella no tenía reputación de malvada ni era una chica fuera de lo normal, excepto por su tendencia a las enfermedades físicas.

Hasta donde ella recordaba, Clara creció en una atmósfera muy religiosa, rodeada de monjas que la criaron desde la infancia, sacerdotes e influencias positivas. Sin embargo, en cierto día fatídico, Clara cometió un terrible error; de acuerdo con su propia confesión, ella hizo un pacto con el diablo.

. . .

Clara comenzó a ser invadida por impulsos completamente ajenos a ella, a experimentar ataques de furia incontrolable y su lenguaje se volvió mucho más grosero y blasfemo. Ella cambió tan drásticamente que aquellos a su alrededor no podían evitar darse cuenta. Las monjas intentaron ayudarla al darle medallas sacrificadas y orando por ella, pero no fue suficiente.

La noche que ella hizo esa confesión, estaba terriblemente confundida y en un estado errático. Ella había llamado frenéticamente a algunas de las Hermanas para que acudieran a su habitación. Cuando llegaron, observaron a una aterrorizada Clara con ropas desgarradas, junto al marco de su cama, el cual ella había roto con sus propias manos. Clara gritó "¡traigan al sacerdote! ¡Tengo algo que confesar! ¡Vayan por él rápido! Tengo miedo de que Satanás me mate antes de tener la oportunidad de confesarme".

Histérica y salvaje, ella destrozó la habitación y le gritaba a una figura que nadie más podía ver, "¡me traicionaste!

¡Me prometiste la gloria y ahora me torturas más!". Ella siguió teniendo una conversación con las entidades que sólo eran visibles para Clara.

El sacerdote llegó para escuchar su confesión y, al inicio, pensó que sólo era un acto de la chica adolescente. Sin embargo, cuando comenzaron las manifestaciones paranormales, fue obligado a cambiar de parecer rápidamente. En poco tiempo, se dio cuenta de que Clara estaba definitivamente poseída por un demonio.

Una de las manifestaciones que las monjas creyeron más perturbadoras fue su increíble fuerza cuando estaba bajo la influencia de los demonios que la poseían. Las monjas intentaron restringirla para prevenir que lastimara a otras personas o a ella misma, pero fueron arrojadas al otro lado de la habitación como si no pesaran nada. El comportamiento de Clara fue en comparado con una bestialidad salvaje mientras ella gruñía, atacaba y bramaba mientras peleaba con uñas y dientes. Algunas de las monjas terminaron seriamente lastimadas como resultado de su ira sin sentido.

Cuando estaba en la agonía de uno de sus hechizos, ella emitió un sonido muy similar a una manada de animales salvajes como en "un coro liderado por el mismo Satanás", de acuerdo con el testimonio de una de las monjas.

. . .

El sonido era espeluznante, fuera de este mundo, ruidoso y difícil de olvidar.

Clara también podía levitar en ocasiones, llegando a flotar hasta 15 centímetros sobre su cama, siendo la primera ocasión cuando estaba en medio de una convulsión. No solamente era capaz de levitar, sino que también podía flotar horizontalmente. Cuando levitaba, parecía que incluso sus ropas estaban desafiando la gravedad, los pliegues no caían hacia abajo como uno esperaría, posiblemente debido a la rigidez de su cuerpo. Solamente al echarle agua bendita se podía detener su levitación.

Además, Clara tenía alteraciones físicas; sus mejillas se inflaban más allá de lo que parecía físicamente posible, su cuello se estiraba haciendo que apareciera una gran bola en su cuello y pequeños bultos aparecían debajo de su piel y se movían a lo largo de su cuerpo frente a los testigos. Todas estas manifestaciones iban y venían y los presentes no podían explicarlas racionalmente.

Como en muchos casos de posesión demoniaca, Clara también era capaz de hablar y comprender idiomas que nunca antes había escuchado, incluyendo el alemán, polaco y francés.

Clara también había desarrollado unas perturbadoras habilidades de clarividencia. Un joven hombre se había burlado cruelmente de ella y su venganza tomó la forma de la revelación de muchos pecados que él había cometido, incluyendo la fecha, la hora y la persona con la que lo había cometido.

En otra ocasión, ella describió a detalle los viajes recientes de uno de los sacerdotes presentes. Ella sabía de los destinos específicos y las horas que incluso eran difíciles de recordar para el sacerdote, aún más para alguien que no había viajado con él.

Ella también podía leer los pensamientos impuros de aquellos que la rodeaban, repitiéndolos en voz alta y diciendo quién lo estaba pensando. Parecía que nada estaba completamente oculto de los demonios que poseían a Clara y tampoco tenían problemas para compartir lo que sabían. Sin duda alguna, muchos de los que acudieron a su presencia se retiraron rápidamente.

Clara sabía si ella o su comida habían sido rociados con agua bendita y bramaba histéricamente con una risa maniática, vacía y burlona.

. . .

Clara también podía saber si una persona en la habitación llevaba cualquier tipo de reliquia o artefacto religioso, o incluso un crucifijo, no importaba si estaba escondido cuidadosamente. Esto solía tener como resultado una reacción muy violenta de su parte.

Una de las manifestaciones más perturbadoras asociadas con Clara era su habilidad para imitar el movimiento y la conducta de una serpiente.

Clara de repente caía al suelo, giraba sobre su estómago y pegaba sus brazos a sus costados. Se arrastraba por el piso como una serpiente y los testigos decían que esos movimientos parecían imposibles para que los pudiera realizar el esqueleto humano. Otros lo describían como hule, como si sus huesos hubieran sido reemplazados con alguna sustancia elástica.

Algunas veces, ella dejaba su garganta plana sobre el suelo mientras se deslizaba, lo que enfatizaba su apariencia de serpiente, mientras que otras veces ella saltaba su lengua como en siseos.

. . .

En cierta ocasión, una de las monjas estaba arrodillada en el suelo, rezando por el alma de Clara. Clara serpenteó rápidamente a su lado, levantó la cabeza y, de forma similar a una serpiente, abalanzó su cabeza hacia el vaso de la monja y la atacó como una víbora, mordiendo profundamente en la piel de la Hermana. Las otras monjas agarraron rápidamente a Clara y la monja herida se dio cuenta de que la marca de la mordida se parecía más a la de una serpiente y que a la de un humano.

Fue entonces cuando se aprobó un exorcismo para Clara.

Tan pronto como comenzó el rito del exorcismo, ella entró en un estado similar al de trance y estaba inmediatamente de pie, arrojando la Biblia del sacerdote y agarrando su estola. Antes de que cualquiera pudiera detenerla, ella jaló la estola alrededor de su cuello en un intento por estrangularlo. Palabras groseras y blasfemas manaban de su boca mientras los presidentes la alejaban del sacerdote. Él continuó con el rito, imperturbable y sin impresionarse.

Los aterradores sonidos bestiales familiares llenaron la habitación conforme ella comenzaba a levitar rígidamente sobre la cama. Ella no cayó a la cama hasta que los sacerdotes presentes la rociaron con agua bendita.

Clara gruñía, bramaba y peleaba desesperadamente.

Gritaban groserías y lenguaje blasfemo mientras continuaba el rito. La última vez que ella levitó, cayó sobre su espalda sin que le rociaran agua bendita. Clara había sido liberada.

No hay muchos detalles registrados sobre lo que pasó durante el exorcismo en sí mismo, pero funcionó un tiempo. Parece que Clara realizó otro pacto con el demonio y regresaron las manifestaciones.

Se realizó otro exorcismo y, una vez más, Clara era libre.

No obstante, a diferencia de la vez anterior, una terrible y nauseabunda peste llenó la habitación y luego desapareció justo antes de que ella fuera liberada. Una vez libre, ella pidió perdón por haber realizado un pacto con el diablo y, aparentemente, ya no dio más problemas. Clara murió seis años después por problemas en el corazón.

9

Los demonios de Arkansas. La historia de Amy Stamatis

AMY STAMATIS ES una mujer que quedó paralizada de la cintura para abajo después de haber saltado de un segundo piso en su casa en Arkansas en noviembre del 2006. Aunque la mujer insiste que ella no recuerda nada y no haber sido ella quien saltó, hay registros de que Amy se subió a una ventana abierta y estaba sentada en la orilla cuando se cayó. Las circunstancias del incidente todavía se considera que son bastante inusuales.

Desde hacía unos meses atrás, Amy llevaba ya un tiempo lidiando con pensamientos oscuros, y no exactamente los que se considerarían depresivos normales.

. . .

Ella decía haber escuchado voces en su cabeza que le decían que se suicidara, por lo que buscó ayuda con médicos psiquiatras en busca de un tratamiento efectivo. Sin embargo, las voces no se detuvieron.

Llegó un punto en el que Amy creyó que se estaba volviendo loca, que todo lo que le sucedía era producto de su mente que se había quebrado por alguna razón.

Nunca pensó que sus problemas fueran provocados por algún ser sobrenatural.

Después de su caída, ella estaba reposando en su cama de hospital cuando la visitó una mujer que decía ser haber despertado a los muertos y sanado a los enfermos terminales gracias a sus oraciones. Esa misteriosa mujer vio algo en Amy que ni ella ni nadie más había visto. Esa mujer había visto demonios en el espíritu de Amy.

Amy comenzó a experimentar unas misteriosas dolencias siete meses después de su caída. Una de estas situaciones se presentó cuando estaba terminando su turno de 24 horas en el hospital para el que trabajaba como enfermera en Little Rock.

Los médicos llamaron a Amy para que fuera a atender a un paciente que había llegado con quemaduras.

Después de haber llevado al paciente a una camilla y haber llenado su reporte médico, Amy de repente se descubrió rondando por los pasillos de emergencia sin un rumbo fijo. Repentinamente, ella había olvidado cómo hacer su trabajo. Simplemente, su mente se había desconectado. Ella no recordaba cómo había llegado a esos pasillos, esos recuerdos estaban en blanco.

Por suerte, ese era su último turno en el hospital. Pero, al regresar a casa, Amy, quién era una corredora de maratones, no era capaz de correr en línea recta. Tampoco era capaz de realizar tareas muy sencillas como elegir sus ropas para ir a trabajar.

Amy y le dijo a su marido que estaba teniendo una crisis nerviosa por lo que necesitaba acudir con un médico o a un hospital psiquiátrico para que la diagnosticaran.

Como es de esperar, los médicos le diagnosticaron varias enfermedades mentales. Le recetaron antidepresivos en gran abundancia, como si fueran caramelos.

Aun así, las voces siguieron hablando dentro de su mente y su conducta se volvió cada vez más impredecible.

En otra de esas situaciones extrañas, ella se desistió por completo en una reunión familiar con sus suegros. Y también, en algunas ocasiones en las que visitaba el hospital en el que trabajaba, ella les gritaba a sus antiguos compañeros de trabajo sin razón alguna.

Un episodio particularmente espeluznante sucedió cuando Amy y su esposo estaban viajando a un hospital en Minnesota buscando un tratamiento más especializado que pudiera ayudarle de verdad. Mientras estaba en ese hospital, ella se escapó de los doctores y enfermeras, para luego escalar siete u ocho pisos por la parte exterior de una rampa de estacionamiento. Mientras colgaba de ese lugar tan peligroso, ella amenazó a los testigos diciendo que iba a saltar. Por suerte, los policías y su esposo pudieron convencerla de que no lo hiciera.

Después de este episodio, a pesar de que los médicos la atendieran, las voces todavía seguían diciéndole cosas peligrosas y oscuras.

. . .

Después de la caída de Amy, la Iglesia de Cristo en Searcy organizó un servicio de oración por ella. Entre los que atendían estaba Cindy Lawson, una evangelista pentecostal que había realizado ya 10 exorcismos. Cabe mencionar que los que pertenecen a la Iglesia Pentecostal, en vez de decir que son exorcismos, los llaman expulsiones de demonios, pero el ritual es básicamente el mismo. Cindy no era miembro de la Iglesia de Cristo y nunca había visto a Amy. Pero, al igual que todo el mundo, ella había escuchado lo que había pasado, sólo que ella sintió la necesidad de visitarla. Dijo que, "el Señor me habló y me dijo que fuera al hospital para expulsar a los demonios de ella. Podía sentir que algo se revolvía en su interior".

Amy se había facturado la espalda en tres lugares, se había perforado ambos pulmones y se había fracturado las costillas. Dijo que sus lesiones indicaban que ella no se había preparado para el impacto, ya que en ninguno de los huesos de sus brazos y piernas estaban fracturados.

Cuando Cindy Lawson la fue a visitar al hospital, Amy tenía los ojos muy abiertos. La evangelista dijo que pudo ver los demonios en la paciente. Una amiga de Amy que estaba presente en ese momento le dijo que Cindy estaba ahí para rezar por ella.

Según las palabras de la misma Cindy, dice que la respuesta de Amy, o de algo dentro de ella, fue un gruñido.

"¿Por qué estás aquí?", le gruñó Amy. Cindy sacó un aceite de unción que llevó precisamente para ese momento y lo untó en la frente de Amy mientras decía "Señor, en el nombre de Jesús, ordeno que estos demonios liberen a esta mujer y salgan de ella y que esta mujer recupere la cordura, en el nombre de Jesús". Esas fueron las órdenes de Cindy.

En ese momento, la expresión facial de Amy cambió por completo. Cindy recuerda que en ese momento fue como si el espíritu del Señor cayera en la habitación.

Amy Stamatis tuvo que confrontar sus conocimientos médicos y científicos con su experiencia personal. A pesar de ser una enfermera, ella está segura de que fue poseída por un demonio. Antes de su caída y de que la exorcizaran, Amy había sido diagnosticada con un extraño desbalance químico llamado porfiria, cuyos síntomas son convulsiones, dolor abdominal, disolución del sistema nervioso y confusión mental.

· · ·

La misma Amy dice que en el mundo médico tienen que ponerles un nombre a estos casos, ya que no lo comprenden completamente porque nunca ha lidiado con este tipo de demonios. "¿Cómo puede ser posible que combatan algo con lo que no saben cómo pelear, algo que no comprenden?".

Cindy Lawson estuvo de acuerdo con ella. "Si la mayoría de las personas supieran que es cosa de una posesión demoniaca, ellos buscarían la ayuda adecuada. Pero es muy difícil convencer a las personas de lo que sucede".

Esto se debe a que la mayoría de las personas se dejan influenciar por lo que han visto en las películas donde las posesiones demoniacas se dramatizan hasta ese punto. En realidad, la forma más común de influencia demoniaca es la tentación, algo muy diferente a ver cuerpos vomitando e ir escalando paredes. La mayoría de los casos se deben a una opresión demoniaca y no tanto a una posesión. Y, ya que esta operación es algo ordinario, se trata de con prácticas católicas ordinarias, es decir, sacramentos, bendiciones y oraciones.

Los exorcismos católicos están reservados para los sacerdotes ordenados, pero para Cindy Lawson, cualquier seguidor de Jesús que haya sido llenado con el espíritu de Dios puede expulsar a los demonios. Ella dice que su primer ritual lo realizó en un niño de 9 años y que incluso él llegó a levitar en algún punto. También dice que ha visto a otras personas echar espuma por la boca y cambiar el color de sus ojos. De los síntomas más aterradores, según ella, es cuando hablan con voces demoniacas. "Al inicio no es nada placentero, era bastante aterrador. Pero es el llamado que Dios me dio".

Por su parte, Amy Stamatis dice que no recuerda nada del momento de su exorcismo, pero sus familiares vieron un cambio inmediato en ella justo después del ritual realizado por Cindy. Amy ahora se encuentra mentalmente estable y, espiritualmente, está mejor que nunca.

En su último testimonio al respecto, ella dijo que, como enfermera, ella no hubiera creído en este suceso si no le hubiera pasado a ella, que hubiera creído que es algo de los tiempos antiguos en los que en no se había desarrollado tanto la ciencia, pero en realidad es una mentira porque ella lo vivió en carne propia.

10

Los siete muertos en Panamá

A INICIOS DEL AÑO 2020, se encontraron los cuerpos de siete personas después de haber realizado un exorcismo. Se encontraron en una fosa clandestina o tumba masiva en un área indígena de Panamá. Estas personas eran miembros de una secta religiosa que, según reportaron los testigos, realizaban exorcismos. Esta historia verídica se puede encontrar en las noticias y periódicos de todo el mundo, incluyendo la BBC.

Los cuerpos que se encontraron eran de una mujer embarazada de alrededor de 32 años de edad, identificada como Bellin Flores, y cinco de sus hijos que iban desde el año hasta los 10 años de edad. La sexta víctima era un vecino de 17 años.

. . .

Esto sucedió después de que se encontrara la tumba luego de que habitantes de la aldea cercana llamada Alto Terrón los guiaran al lugar. Esto fue gracias a que tres aldeanos lograron escapar de la comunidad indígena de Ngäbe-Buglé, y pudieron llegar al hospital local. Habían sido torturadas por los supuestos sacerdotes, quienes les quemaron la boca y la lengua porque, supuestamente, no querían creer en la palabra de Dios. Gracias a ellos, se pudo alertar a las autoridades del secuestro de varias familias por la secta religiosa llamada "La Luz del Mundo". Se cree que la secta llevaba operando en la zona por alrededor de tres meses.

Después del aviso de los actos peligrosos de esa secta, la policía organizó una redada en la comunidad, localizada en la región selvática al noroeste de Panamá, a unos 250 kilómetros de la ciudad capital. Los policías que estuvieron presentes en la redada atestiguan que las personas de la comunidad estaban realizando un ritual dentro de la estructura incompleta de una iglesia. Dentro de esa estructura, había personas que estaban amarradas en contra de su voluntad y las estaban torturando. Según las investigaciones, estas personas estaban realizando los ritos con el objetivo de matar a esas personas si no se arrepentirán de sus pecados.

. . .

Dentro de la iglesia, los oficiales de policía encontraron a una mujer desnuda, machetes, cuchillos y una cabra que había sido sacrificada según el ritual, supuestamente cristiano. Cabe mencionar que, en ningún ritual religioso católico, ni siquiera en los de exorcismos, se requiere el sacrificio de animales o personas. Cómo podemos deducir y por lo que se ha leído en las historias anteriores de este libro, los verdaderos exorcismos no requieren de sacrificios animales, por lo que se puede sospechar que era todo lo contrario a un exorcismo. Es decir, que las personas de la secta podrían haber estado poseídas o influenciadas por fuerzas malignas.

Según los reportes policiacos, el secuestro y la tortura habían comenzado desde el sábado anterior después de que uno de los miembros de la secta dijo haber recibido "un mensaje de Dios". Por esa razón, los demás miembros secuestraron a las víctimas de sus casas, las golpearon y las mataron.

Así es como arrestaron a diez personas bajo la sospecha de asesinato y pudieron liberará a las quince personas que eran retenidas en contra de su voluntad, entre las que se encontraban, al menos, dos mujeres embarazadas y algunos niños. Las quince personas liberadas tenían heridas en todo el cuerpo.

Entre los sospechosos estaba el padre de la mujer embarazada asesinada que se encontró en la tumba masiva, localizada a 2 kilómetros de la iglesia.

A pesar de que los miembros de la secta supuestamente estaban realizando un exorcismo, por lo brutal del acto y por la falta de artículos religiosos católicos típicos de un ritual como éste, como serían el agua bendita, la Biblia y sacerdotes ordenados, se puede sospechar que los miembros de la secta, en vez de favorecer a Jesucristo, podían estar poseídos o influenciados por los demonios para cometer estos terribles actos. No es extraño que las personas poseídas o influenciadas por el maligno usan el nombre de Dios en vano.

11

El padre italiano que enfrenta a los demonios

SI EXISTE alguna persona en este mundo que sepa sobre posesiones demoniacas, es el Padre Vincenzo Taraborelli, un sacerdote de la iglesia católica que se especializa en los exorcismos. El Padre lleva más de 30 años de experiencia realizando exorcismos, este rito católico para expulsar a los seres malignos.

Su trabajo comenzó durante sus años cincuenta cuando un compañero sacerdote necesitaba ayuda para realizar un exorcismo. El Padre Vincenzo dice que, en ese momento, no sabía lo que era un exorcismo, ya que no había estudiado nada al respecto, por lo que su compañero le tuvo que decir todo lo que tenía que hacer. A partir de ese momento, el Padre se ha vuelto uno de los exorcistas más ocupados de toda Roma.

Hoy en día, el Padre trabaja tres días a la semana desde una habitación sin ventanas en la parte de atrás de su iglesia cerca del Vaticano. En los días más ocupados, puede llegar a atender hasta 30 personas diarias.

El Padre sabe bien lo que hace, puesto que, como es de esperar, muchas personas, en vez de padecer una posesión demoniaca, sufren algún trastorno mental o enfermedad de algún tipo. Los síntomas pueden ser similares ya que incluyen visiones, convulsiones y confusión mental, pero no se puede negar que ambas son una posibilidad. Por esta razón, el Padre Vincenzo les pide a las personas que vean a un psiquiatra o un psicólogo antes de realizar un exorcismo y les pide que le lleven la prognosis. Igualmente, muchos psicólogos y psiquiatras le mandan a sus pacientes cuando sospechan que hay algo más que problemas mentales.

Ciertamente, no es un trabajo fácil. Este hombre tiene que ver personas posiblemente poseídas cada semana. En la habitación en la que trabajaba, tiene una repisa llena de estatuas de ángeles para protegerlo. En un cajón, tiene dulces para entregarle a los visitantes, lo que demuestra su espíritu bondadoso. En el escritorio tienes papeles, fotografías y libros de oración. Él se sienta en una silla y el visitante se sienta frente a él.

Entre la pila de papeles de su escritorio, también se encuentra una cruz, la cual utiliza para expulsar a los espíritus malignos. También guarda en su escritorio una copia de los ritos de exorcismo de la Iglesia Católica. Pero, si algo requiere el Padre para demostrar su experiencia, en la pared tiene un documento oficial que demuestra su título como exorcista.

Lo primero que hace cuando llega una persona es alistar la habitación y, si la persona no se encuentra muy bien, el Padre intenta tranquilizarla y luego le pide que recen juntos. No obstante, según sus propias palabras, muchas de las personas que llegan a él ya están bastante alteradas.

Uno de sus casos más notables es el de una mujer que atendió por trece años consecutivos. La mujer estaba poseída debido a que otro hombre que no era su marido la deseaba. Ese hombre era un satanista. La mujer lo rechazó, por lo que el hombre le dijo que pagaría por eso y comenzó a realizar hechizos dos veces por semana para atraerla. Fue entonces cuando la mujer y su marido acudieron al Padre Vincenzo.

Todo ocurrió en esa pequeña habitación. El Padre comenzó a rezar por la mujer y ella entró en trance.

En ese momento, ella comenzó a gritar insultos y blasfemias. Ahí es cuando el Padre estaba seguro de que la mujer estaba poseída.

Mientras continuaba con el rito del exorcismo, la mujer comenzó a sentirse cada vez peor. Luego, cuando el Padre le dijo al demonio que la poseía, "en el nombre de Jesús, ordeno que te vayas", ella comenzó a vomitar pequeños alfileres de metal, cinco alfileres cada vez que vomitaba. Además de los alfileres, ella también vomitaba cabello trenzado, pequeñas piedras y pedazos de madera.

El sacerdote reconoce que las personas suelen creer que las posesiones y los exorcismos son cosas fantasiosas y que este tipo de anécdotas parecen inventadas, pero, asegura, es un hecho completamente real y posible en este mundo.

Los creyentes saben que Dios existe, así como los demonios. Es algo que se puede leer en la Biblia. Los miembros de la iglesia, incluyendo al Padre Vincenzo, rechazan el escepticismo y creen que la época actual está repleta de maldad, que nunca antes se habían visto tantos actos violentos que son inhumanos.

. . .

Tal es la abundancia de las posesiones y la influencia maligna que el teléfono del Padre Vincenzo Taraborelli suena constantemente. Por desgracia, no hay muchos sacerdotes jóvenes dispuestos a seguir con esta misión porque tienen miedo, así es, incluso ellos tienen miedo en estos tiempos tan difíciles.

12

La familia poseída en Indiana

EL PRINCIPAL TESTIGO de esta historia es el oficial de policía, el Capitán Charles Austin, quien presenció la historia de tres niños y su madre que fueron poseídos por demonios.

Todo sucedió en Gary, Indianápolis, donde vivía Latoya Ammons y su familia. Al igual que muchos, el oficial de policía creía que la mujer estaba inventando una historia bastante elaborada para ganar dinero, pero, al final de los hechos que ahora narraremos, el policía ahora se declara un creyente. Incluso hoy en día, varios de los familiares de Latoya todavía dicen que la historia es demasiado fantasiosa para ser real, al igual que muchos lectores de los periódicos en los que se publicó la noticia.

· · ·

El caso de Latoya y sus hijos ha sido uno de los más espeluznantes que han manejado en Servicios Infantiles. Ya fuera una posesión demoniaca o una ilusión sistemática, muchos de estos eventos fueron registrados en los registros oficiales y llevaron a más de una docena de entrevistas con la policía, psicólogos, personal de Servicios Infantiles, familiares y sacerdotes católicos.

Todo comenzó en noviembre del 2011 cuando la familia Ammons se trasladó a una casa rentada en Gary, Indianápolis, en una calle silenciosa con pequeñas casas de un piso. Todo parecía bastante tranquilo y normal hasta que, de repente, unas enormes moscas negras inundaron su pórtico en diciembre de ese mismo año. Este hecho resultaba bastante extraño debido al frío invierno en el que no suele haber insectos tan activos. La madre de Latoya, Rosa Campbell, recuerda que mataron a decenas de moscas, pero cada vez eran más y más.

Otro acontecimiento perturbador fue cuando, en varias ocasiones, madre e hija decían haber escuchado, después de medianoche, golpes secos o pasos en las escaleras de sótano. Luego de esos sonidos se escuchaba el crujir de una puerta que se abría hacia la cocina. Sin embargo, a pesar de todas las veces que revisaron y cerraron la puerta, nunca veían a nadie y los ruidos continuaban.

Rosa recuerda que una noche se despertó y vio la silueta de un hombre que se paseaba por la sala. Ella se levantó de la cama para investigar y descubrió que había huellas mojadas de botas.

En marzo del año siguiente, la situación empeoró. Cerca de las 2 de la mañana, toda la familia se encontraba despierta velando la muerte de un ser amado con un grupo de amigos. Por lo general, a esa hora se encontraban dormidos. En ese momento, Latoya, que se encontraba en el cuarto de su madre, asustó a todo el mundo al llamar gritando a su madre.

Rosa corrió hacia a la habitación en la que se quedaban ella, una amiga y su nieta de 12 años de edad. La madre y la abuela presenciaron el momento en el que la pequeña levitaba, en consciente, sobre su cama. A pesar del terror, varias de las personas presentes en la casa rodearon a la niña y rezaron. Nadie sabía muy bien lo que estaba pasando en ese momento. Poco a poco, la niña fue descendiendo hasta quedar en su cama. Cuando despertó, ella no recordaba nada de lo que había pasado.

Por supuesto, las personas que estaban de visita en ese momento no quisieron regresar.

A partir de ese suceso decidieron buscar ayuda.

Comenzaron a preguntar en iglesias locales buscando a una persona que supiera lidiar con ese hecho sobrenatural. Sin embargo, la mayoría de las iglesias se rehusaron a escucharlas.

Finalmente, los oficiales de una iglesia le dijeron que esa casa tenía espíritus. La recomendación fue limpiar la casa con cloro y amoníaco y luego utilizar aceite para dibujar cruces en cada puerta y ventanas. Según las instrucciones de la iglesia, Latoya también puso aceite de oliva en las manos y los pies de sus hijos y dibujó una cruz con aceite en sus frentes. Las mujeres también bajaron con dos clarividentes que le dijeron que la casa estaba poseída por más de 200 demonios. La familia, de religión cristiana, les creyó.

A pesar de que la recomendación de los clarividentes era que se mudaran, la familia no podía mudarse debido a sus problemas económicos. Así pues, siguiendo las instrucciones, Latoya erigió un altar en el sótano. Colocó un mantel blanco sobre la mesa, y luego encima puso una vela blanca y la estatua de María y José con el niño Jesús. Igualmente, colocó la Biblia abierta en el salmo 91.

Según el consejo de otro clarividente, también quemaron salvia y sulfuro en toda la casa, comenzando desde la parte superior. El humo era tan denso que apenas podía respirar. Dibujaron una luz con el humo y la persona que las acompañaba leyó el salmo 91 mientras pasaban por toda la casa.

Latoya dice que nada raro ocurrió por tres días y, luego, todo empeoró. Los demonios poseyeron a Latoya y a sus tres hijos de 7,9 y 12 años de edad. Según atestiguaron la madre y la abuela, cada vez que ocurría, los ojos de los niños se hinchaban, ponían unas sonrisas malévolas y sus voces se hacían más profundas.

Rosa, la abuela, dice que los demonios no llegaron a hacerle nada porque ella había nacido con protección contra el demonio. Que tenía un guardián que la protegía.

Latoya, por su parte, decía que sentía debilidad, mareos y calidez cuando estaba poseída. Su cuerpo se sacudía y sentía que no tenía control. El niño más joven se sentó en un armario y hablaba con un niño que nadie más podía ver. El otro niño describía lo que se sentía ser asesinado.

· · ·

Rosa contó que el niño más pequeño una vez salió volando del baño, como si algo lo hubiera aventado. En otra ocasión, la cabecera de una cama golpeó la frente de la niña, provocando una herida que requirió sutura.

La niña de 12 años, luego del evento, les contó a los médicos que ella a veces sentía como que alguien o algo la ahorcaba y la sostenía para que no pudiera hablar ni moverse. Dijo haber escuchado una voz que le decía que nunca más vería a su familia y que no viviría más.

Algunas noches eran tan horribles que tenían que salir de la casa y dormir en un hotel.

En la desesperación, la familia por fin acudió a su médico familiar, el Dr. Geoffrey Onyeukwu. Después de haberle contado todos los sucesos, el médico visitó la casa y dijo haber sentido miedo cuando entró. En sus notas médicas, el médico escribió que la mujer sufría de alucinaciones.Lo que sucedió después, también fue registrado en el reporte del encargado de Servicios Infantiles que visitó a la familia.

. . .

Rosa dice que los hijos de Latoya maldijeron al médico con voces demoniacas, enfurecidos y gritando. El personal médico del hospital dice haber visto al niño más joven elevarse y ser aventado hacia la pared sin que nadie lo hubiera tocado. Eso se registró en el reporte literalmente.

Luego de eso, los niños se desmayaron abruptamente y no reaccionaban. Las mujeres sostuvieron a los niños en sus brazos mientras alguien de la oficina del médico llamaba a emergencias. Llegaron varios policías y ambulancias.

Nadie sabía qué sucedía exactamente. En las ambulancias se llevaron a los niños al Hospital Metodista. Todos se rieron de Latoya cuando ella quiso poner aceite de oliva en la frente de sus hijos.

Ya que no le permitían hablar con sus hijos, comenzó a rezar. Los niños despertaron luego en el hospital. El de 9 años actuaba de forma racional, pero el más pequeño gritaba y peleaba. Ahí fue cuando llamaron a Servicios Infantiles para investigar a Latoya de abuso infantil y deficiencia.

· · ·

Según el reporte, la persona que llamó dijo que sospechaba que Latoya tenía una enfermedad mental, que los niños estaban montando un acto para la madre y ella los estaba alentando.

Servicios Infantiles asignó el caso a Valerie Washington, quien llevó a cabo la investigación inicial. Según su reporte, no se encontraron marcas de moretones ni de golpes en los niños, quienes se encontraban saludables; asimismo, después de una evaluación psiquiátrica, se determinó que Latoya Ammons no padecía de trastornos ni enfermedades mentales.

Así pues, Valerie entrevistó a la familia en el hospital.

Mientras hablaba con Latoya, el niño de siete años comenzó a gruñir y a mostrar sus dientes, sus ojos se pusieron en blanco y luego puso sus manos alrededor de la garganta de su hermano mayor y no lo soltó hasta que los adultos pudieron abrir sus manos.

Esa misma tarde, Valerie y la enfermera Willie Lee Walker llevaron a los dos niños a otra habitación para entrevistarnos junto con su abuela, Rosa.

El niño de siete años se quedó viendo a los ojos de su hermano y comenzó a gruñir una vez más. "Es momento de morir", decía el niño con una voz profunda y poco natural, "te voy a matar".

Mientras el niño pequeño hablaba, el otro hermano comenzó a golpear su cabeza contra el estómago de la abuela. Ella agarró las manos de su nieto y comenzó a rezar.A continuación, de acuerdo con el reporte oficial y corroborado por todos los presentes, el niño de nueve años puso una sonrisa extraña y caminó hacia atrás en la pared hasta el techo. Luego, saltó sobre la abuela y aterrizó sobre sus pies. Todo eso sin soltar las manos de su abuela.

Cuando la policía le preguntó a Valerie si el niño había corrido sobre la pared, como realizando un truco acrobático, ella contestó que el niño había flotado hacia atrás, sobre el piso, pared y techo. Le dijo a la policía que tenía mucho miedo cuando sucedió y salió corriendo de la habitación junto con la enfermera. La enfermera comentó que nadie sabía lo que había ocurrido exactamente, qué había sido una locura.

. . .

Cuando las mujeres se lo comentaron a un doctor, este no les creyó y le pidió al niño que volviera a caminar sobre la pared. La enfermera le dijo al doctor que dudaba de que el niño pudiera repetir ese acto, ya que, además, el niño no estaba en sí cuando sucedió. El niño dijo que no recordaba nada de lo que había ocurrido y que no podía hacerlo.

La enfermera, una creyente de los espíritus y los demonios, creyó que el comportamiento del niño tenía que ver con una posesión demoniaca y también con una enfermedad mental. La agente de Servicios Infantiles escribió en su reporte que creía que podía haber una influencia maligna afectando a la familia.

La Madre pasó la noche en el hospital con su hijo de siete años, mientras que la abuela y los otros dos niños fueron a casa de unos familiares. Al día siguiente era el cumpleaños del niño más pequeño y lo celebraron en el hospital la madre y los dos niños. Luego de eso, Valerie les dijo que los niños no podían volver a casa porque Servicios Infantiles iba a tomar la custodia de ellos.

"Todos los niños estaban experimentando de malestar espiritual y emocional", escribió la agente en su reporte.

Luego de estos acontecimientos, el capellán del hospital llamó al Reverendo Michael Maignot, quien le pidió que realizara un exorcismo al hijo de 9 años de Latoya Ammons. El sacerdote estuvo de acuerdo y accedió a realizar una entrevista con la familia varios días después. El primer paso era, según el sacerdote, descartar las posibles causas naturales de lo que estaba experimentando la familia. Así pues, visitó la casa de la familia.

Latoya y Rosa estuvieron detallando los fenómenos ocurridos durante dos horas. Rosa interrumpió la entrevista para apuntar la luz del baño que titilaba en ese momento. El titilar se detenía cada vez que el sacerdote se acercaba para investigar, lo cual atribuyó a una presencia demoniaca. Pensó que se debía a que le tenía miedo. Rosa interrumpió la entrevista una vez más para apuntar a las persianas de la cocina que se balanceaba, aunque no había nada de aire. El Reverendo dice también haber visto huellas húmedas en la sala.

Latoya se quejó de un dolor de cabeza y se puso convulsionar cuando el Reverendo le colocó un crucifijo en la cabeza. Después de cuatro horas de entrevista, el Padre estaba convencido de que la familia estaba siendo atormentada por varios demonios.

· · ·

Antes de irse, el Reverendo bendijo la casa orando, leyendo la Biblia y rociando agua bendita en cada habitación. Alentó a las mujeres a que dejaran la casa y que debieran temporalmente con algunos familiares.

Sin embargo, menos de una semana después, las mujeres volvieron a la casa para que el agente de Servicios Infantiles pudiera revisar las condiciones del hogar. Las mujeres fueron acompañadas por un oficial de policía como ellas pidieron, y se les unieron otros dos que tenían curiosidad. El Capitán Charles Austin fue uno de estos policías.

Rosa, quien acompañó a los oficiales dentro de la casa, les dijo que los demonios parecían emanar de debajo de las escaleras de sótano, donde no había concreto, parecía que lo habían arrancado, y sólo había piso de tierra.

Durante la entrevista con la abuela, una de las grabadoras de los oficiales dejó de funcionar, a pesar de que ya habían puesto baterías nuevas. El otro oficial grabó la entrevista y, cuando la volvieron a escuchar, dicen haber escuchado una voz desconocida que susurraba "hey".

· · ·

Ese mismo policía también tomó fotos de la casa. En una de las fotos de las escaleras de sótano se veía una imagen borrosa en la esquina superior derecha. Cuando se analizó la foto, la mancha borrosa tenía un parecido con un rostro y también se reveló una segunda imagen verde que parecía ser una mujer. El Capitán Austin dijo que en las fotografías que había tomado con su teléfono también aparecían extrañas siluetas. Además, la radio de la patrulla tampoco funcionó bien en el camino de regreso.

Cuando el Capitán Austin volvía a su casa después de ese día de trabajo, dice haber o que el asiento del copiloto de su auto personal comenzó a moverse hacia adelante y hacia atrás, a pesar de que nadie lo estaba moviendo. Cuando los mecánicos revisaron el auto o le dijeron que el motor del asiento se había roto. Sin embargo, el oficial comenzó a creer en los hechos paranormales de la familia.

Tiempo después, servicios infantiles descubrió que Latoya no cumplía con la educación de sus hijos por no mandarlos regularmente a la escuela. La madre comentó que a veces no podían mandar a sus hijos a la escuela porque los espíritus los hacían enfermar o que los mantenían despiertos toda la noche.

· · ·

Así pues, la agente mandó a la niña y al hijo mayor a un hogar temporal en Chicago, mientras que mandaba al hijo menor a revisión psiquiátrica.

La psicóloga Stacy Wright dijo que el niño atendía a actuar como poseído cuando se le retaba, regañaba o se le hacían preguntas que él no quería contestar. En su reporte clínico, Stacy escribió que el niño actuaba de forma coherente y lógica, excepto cuando hablaba de demonios, ahí era cuando las historias se volvían extrañas, fragmentadas e ilógicas. Sus historias cambiaban cada vez que las contaba. También cambiaba del tema y hacía preguntas a la psicóloga. Por esta razón, ella creía que el niño no sufría de un trastorno psicótico. Su conclusión fue que el niño había sido inducido a un sistema delirante perpetuado por su madre y reforzado por otros familiares.

Los psicólogos que examinaron a los otros dos hijos llegaron a una conclusión similar y pidieron analizar la influencia de las preocupaciones de la madre sobre las experiencias paranormales. La niña le dijo al psicólogo que vio sombras en su casa y que había entrado en trance en dos ocasiones. El niño mayor dijo que las puertas se azotaban y que las cosas se movían por sí solas.

. . .

Latoya también fue examinada por varios psicólogos que dijeron que estaba a la defensiva, pero no parecía experimentar síntomas de psicosis o trastornos del pensamiento.

Uno de los psicólogos recomendó que fuera examinada para determinar si su religiosidad podía estar disfrazando trastornos de percepción y delirios. Aun así, toda la familia insistía en que habían sido poseídos por demonios.

Los requisitos de Servicios Infantiles fueron que los niños no hablaran de demonios o posesiones y que asumieran la responsabilidad de sus acciones, también tenían que acudir a terapia. A la madre se le indicó que usara formas alternativas para disciplinar a sus hijos que no tuvieran que ver con religión y posesiones. Todo esto se revisaría en las visitas supervisadas con los niños. Latoya también debía encontrar un trabajo y otra casa.

Mientras la familia trabajaba en todos estos requisitos, la policía y los oficiales de Servicios Infantiles siguieron investigando la casa. En esta ocasión, acudieron ambas señoras, los oficiales de policía de la última vez, el Reverendo, otros dos oficiales con un perro policía y otra agente de Servicios Infantiles. Samantha Ilic.

· · ·

Los oficiales con el perro revisaron los alrededores, pero el perro no mostró interés en nada en particular. Los demás revisaron el sótano. La agente Samantha tocó un extraño líquido que vio gotear en el sótano, una sustancia pegajosa y resbalosa. El Reverendo pidió revisar la tierra bajo las escaleras para buscar evidencias de presencia demoniaca, objetos malditos o algún entierro. Uno de los oficiales cavo un agujero bajó las escaleras y desenterraron una uña postiza rosa, unos calzones blancos, un botón de campaña política, la tapa de un sartén, unos calcetines con los talones recortados, envolturas de caramelo y un objeto pesado de metal que parecía una pesa.

Al no encontrar nada más, los oficiales rellenaron el agujero.

El Reverendo bendijo algo de sal y la esparció bajo las escaleras y en todo el sótano. Luego, la agente Samantha, cuando estaba en la sala con el resto del grupo, sintió que su dedo meñique comenzó a cosquillear y palidecer, como si se hubiera fracturado. En menos de diez minutos, la mujer comenzó a sentir un ataque de pánico, no podía respirar, por lo que salió de la casa a esperar al grupo. Cuando el sacerdote comenzó a interrogar a Latoya dentro de la casa, ella se quejó de dolor de cabeza y en el hombro, por lo que también salió de la casa.

El Capitán Austin no quería quedarse en la casa después de que hubiera oscurecido, por lo que también salió. Los otros oficiales siguieron revisando y encontraron una sustancia aceitosa que goteaba de las persianas en la habitación, pero no sabía de dónde venía esa sustancia.

Para asegurarse de que Rosa o Latoya no hubieran puesto aceite en las ventanas, los dos oficiales lo limpiaron con papel. Sin embargo, 25 minutos después, el aceite había vuelto a caer de las persianas. El sacerdote les dijo que ese líquido era una manifestación de presencias paranormales.

El Reverendo Maignot pidió permiso al obispo para realizar un exorcismo en la casa. Debido a que le negaron el permiso y después de haber contactado con otros sacerdotes que había realizado ya exorcismos, el Reverendo bendijo intensamente la casa para expulsar a los malos espíritus. Luego, realizó otro exorcismo menor en Rosa y Latoya. Dos policías y la agente Ilic acudieron al ritual.

A pesar de no creer en lo demoniaco, Samantha dice que tuvo escalofríos durante unas dos horas que duró el rito, como si algo los estuviera observando.

. . .

Después de la visita a la casa, la agente sufrió varios accidentes entre los que se incluye una quemadura de tercer grado, se fracturas tres costillas, se fracturó una mano y luego se fracturó un tobillo.

El Reverendo le pidió a las señoras que buscaran los nombres de los demonios que las atormentaban. Por esta razón, las mujeres buscaron en internet los nombres de los demonios que representaban los problemas que había sufrido la familia. Tuvo problemas técnicos para encontrarlos, pero al final Latoya lo logró.

Después del pequeño exorcismo, el Obispo le dio permiso al Reverendo para exorcizar a Latoya. El ritual era más o menos el mismo, pero con el respaldo de la Iglesia Católica, lo que le daba más poder. Así pues, el sacerdote realizó tres exorcismos en la mujer, dos en inglés y uno en latín. El Reverendo sintió que su voz se hacía cada vez más fuerte y más poderosa hasta que los demonios se debilitaron. Dijo que podía saber qué tan poderoso era el demonio según las convulsiones de la mujer. Dos policías estuvieron presentes en caso de que fuera necesario restringida a Latoya. Ella rezó todo lo que pudo hasta que se volvió demasiado doloroso.

. . .

Latoya sentía que algo dentro de ella intentaba aferrarse y le causaba dolor al mismo tiempo. El dolor era tan intenso y era de adentro hacia afuera. Eventualmente, la mujer se quedó dormida. Tiempo después, se llevó a cabo el tercer y último exorcismo, en el que el Reverendo hizo sus oraciones en latín. Esta vez, otros sacerdotes estuvieron presentes y Latoya sufrió convulsiones mientras tanto. Esa fue la última vez que necesito la visita del sacerdote.

Ambas mujeres se mudaron a Indianápolis y la casa se volvió un objeto de curiosidad para los locales. No obstante, ya no se han presentado problemas en la casa después de que la familia Ammons se mudara.

Latoya recuperó la custodia de sus tres hijos en noviembre de 2012, aunque Servicios Infantiles siguió al tanto de la familia por unos meses más, asegurándose de que todo estuviera bien. Los niños dijeron sentirse a salvo después de haber dejado la casa y que nunca más volvieron a tener problemas de ese tipo.

13

El padre que se enfrentó a Lucifer

ESTA ES la historia del Padre Gabriele Amorth, fundador de la Asociación Internacional de Exorcistas en 1994, quien tuvo que enfrentarse a un joven poseído por el mismo Lucifer.

Este hecho ocurrió tres años después de fundar su asociación, cuando le llevaron a un joven pueblerino muy delgado. Las personas que lo acompañaban metieron al joven en la pequeña habitación en la que el Padre realizaba sus exorcismos en Roma. Esta habitación era pequeña y sin ventanas, lejos de las calles de Roma para que nadie pudiera escuchar los gritos de los poseídos. En las paredes había fotos de varios Santos que solían irritar los demonios.

. . .

Según las costumbres del Padre, utilizaba una silla con reposabrazos para los afligidos que estuvieran más tranquilos, en otros casos se requería utilizar una cama o una caja con cintas y cuerdas para atar a los pacientes más perturbados.

En el momento en el que los cuatro ministros escoltaron al paciente en la habitación, el experimentado sacerdote sintió que había una presencia maligna en esa persona.

Por precaución, el Padre siempre llevaba cargando dos crucifijos de madera, un contenedor para el agua bendita y otro para el aceite consagrado.

Sentaron al joven en la silla frente al Padre y éste comenzó a pedir la ayuda de Jesús. En ese momento, el joven hombre comenzó a maldecir y a escupir, sus palabras eran en inglés, un idioma que el joven no conocía pues su lengua natal era el italiano.

Maldecía y amenazaba solamente al exorcista, ignorando a todos los demás. Al mismo tiempo le escupía mientras tensaba todos los músculos, preparándose para atacar al sacerdote.

El demonio en su interior gritaba y aullaba con la voz del joven. Tenía la mirada fija en el Padre, era una mirada penetrante y sin parpadear. Chorreaba saliva de la boca del joven. Parecía que en cualquier momento iba a saltar sobre él.

El Padre Gabriele recurrió a sus armas religiosas y siguió rezando, además de realizar otras recitaciones propias del ritual del exorcismo. Para poder expulsar al demonio del cuerpo, exigió que el demonio revelara su nombre. "¡Espíritu impuro! Quién quiera que seas tú y todos tus compañeros que poseen este sirviente de Dios, te ordeno: dime tu nombre, el día y la hora de tu condenación".

La respuesta sorprendió a todos los presentes. El joven hombre fijó la mirada en el sacerdote y gruñó su respuesta: "Yo soy Lucifer".

Por supuesto, el Padre Gabriele no esperaba una respuesta tan aterradora. Sin embargo, estaba convencido de que tenía que seguir con el ritual durante todo el tiempo que fuera necesario, hasta que se quedara sin energías si hacía falta.

· · ·

El Padre Gabriele siguió rezando, recitando los versos de liberación del Rito Romano de Exorcismo. Como respuesta, el demonio siguió gritando y chillando, haciendo que el joven poseído girara la cabeza hacia atrás y pusiera los ojos en blanco. Sorprendentemente, se quedó en esa posición por 15 minutos completos.

El exorcismo continuó. La habitación se volvió cada vez más fría, hasta que se formaron pequeños cristales de hielo en las ventanas y en las puertas. Ni siquiera el invierno más duro de Roma lograba dejar esos rastros helados.

El Padre Gabriele le siguió ordenando al demonio que abandonara al joven. En cierto punto, su cuerpo se puso rígido, completamente duro y, entonces, comenzó a levitar. El cuerpo permaneció en el aire por varios minutos, flotando sin que nada lo sostuviera hasta que finalmente, el hombre cayó a la silla una vez más.

Según comenta el Padre, los exorcismos pueden ser una simple oración hasta una completa expulsión de demonios con manifestaciones y síntomas espeluznantes que parecen sacados de una película.

· · ·

No obstante, un exorcismo no suele ser un proceso de una sola ocasión, sino una práctica que se realiza regularmente en la persona, llegando a necesitar varios años según la gravedad del caso. Son raros los casos en los que la liberación se ha logrado en meses, y por lo general suelen durar 4 o 5 años.

Los ritos concluyeron por ese día, pero el Padre siguió visitando regularmente al hombre y rezaba con él hasta que ya no presentaba resistencia. Cuando por fin el hombre fue liberado por el demonio, comenzó a aullar y a gritar como nunca antes lo había hecho. Pero, cuando terminó, por fin sintió un gran alivio, volvía a sentir la luz y la paz en su interior.

El Padre Gabriele logró liberar a este hombre. Según sus propias palabras, el sacerdote se ha encontrado con muchas sorpresas durante sus años como exorcista. Uno de los recursos más utilizados por los demonios es escupir y siempre intentan atinarle al rostro del exorcista. Se requiere un poco de experiencia para defenderse a sí mismo, por lo que el Padre coloca un pañuelo o su mano frente a su rostro.

· · ·

En otra ocasión, una persona poseída escupió y tres uñas se materializaron en su boca, sin saber de dónde provenían. A pesar de la gran variedad de formas con las que las personas terminan poseídas, el caso más frecuente, de acuerdo con el Padre, son los hechizos malignos.

Esto sucede cuando una persona se ve poseída por un ser maligno debido a que el demonio ha sido provocado por otra persona o la misma que acudió a Satanás para que hiciera algo por él o ella, o puede ser porque alguien actuó con falsedad satánica.

Los casos menos comunes, el 10 o 15% de las situaciones, suelen ser personas que han participado en prácticas ocultas como en sesiones espiritistas o sectas satánicas, o también pudieron haber contactado a magos y adivinos.

En uno de sus primeros exorcismos, el Padre Gabriele Amorth participó con el Reverendo Faustino Negrini en el exorcismo de una niña de 14 a años llamada Agnese Salomon. Durante una de las elecciones, el Reverendo le preguntó al demonio, "¿Por qué has poseído a esta niña?", y éste le contestó, "Porque ella es la mejor de toda la parroquia". El Reverendo Negrini pudo liberar a esta niña hasta que ella cumplió los 26 años.

El Padre Gabriele Amorth murió a los 91 años por una enfermedad pulmonar después de haber realizado muchas conferencias sobre exorcismos para que esta profesión fuera más conocida y más sacerdotes participarán, de modo que Dios llegara a cualquier parte y sin miedo alguno.

14

Posesión animal

SE SABE que las personas pueden ser poseídas, pero también se pueden encontrar registros de animales que han sido poseídos. Es posible que los espíritus malignos puedan adherirse a cualquier forma de vida e incluso a objetos animados. Se pueden encontrar casos documentados de perros, gatos, pájaros y hasta caballos que han sido poseídos por criaturas demoniacas y haciendo que incluso cambien de forma.

Dejando de lado la controversia sobre si los animales tienen alma y sentimientos o no, la verdad es que se sabe que los animales tienen una mejor percepción para cosas que no podemos ver y escuchar y pueden estar en sintonía con la actividad paranormal.

. . .

Por esta razón, muchas personas dicen que los animales pueden percibir la presencia de los espíritus. Es todo hace que nuestras adoradas mascotas se vuelvan una tentación para esos mismos espíritus malignos.

Por supuesto, el objetivo de esta posesión es utilizarlos como un medio para dañar a los seres humanos. Al igual que sucede con las personas, los animales pueden llegar a manifestar un comportamiento inusual, generalmente violento, o hacer que se multipliquen otros insectos o alimañas.

Ed Warren, uno de los más famosos investigadores de lo paranormal, que incluso ya hemos mencionado en otras historias de este libro, dijo que los casos de posesiones animales han sido documentados desde antes de la edad media.

En uno de esos casos más famosos con animales, ocurrido en Connecticut, llegó a encontrarse con un perro que, sin razón aparente y de un momento a otro, cambiaba de actitud y se volvía un perro increíblemente feroz. Sus ojos se tomaban oscuros como el carbón y le escurría saliva por montones del hocico.

· · ·

En sus momentos tranquilos, era un perro cariñoso con su amo, pero, cuando se veía poseído, atacaba salvajemente a su amo y llegó a morderlo en varias ocasiones. Y dominar al terror puesto que tenía una fuerza increíble.

Sus dueños lo llevaron al veterinario para encontrar alguna enfermedad que causara su extraño comportamiento. Sin embargo, no le pudieron diagnosticar ninguna enfermedad, el perro parecía completamente sano.

Debido a que los ataques continuaron, los dueños del perro optaron por recurrir a un exorcista. Cuando el sacerdote realizaba el rito de exorcismo, todos los presentes vieron cómo el perro se ponía rígido, los ojos se le hinchaban, gruñía y se estremecía, como si sufriera de una convulsión. Al finalizar el exorcismo, el perro soltó un gemido que sonó demasiado sobrenatural. Ese momento le causó un escalofrío a todos los presentes. Sin embargo, a partir de ese momento, el perro no volvió a tener un comportamiento agresivo o poco natural.

En los registros de los Warren, también se encuentra la historia de un gato poseído que trató de matar a la mujer que lo adoptó.

La mujer se llevó el gato negro a casa sin saber qué había sido utilizado en rituales de magia negra, en los que se suelen utilizar animales de pelaje negro.

Cierta noche, la mujer se despertó al sentir algo sobre su pecho. Cuando abrió los ojos, el gato se encontraba sobre ella, mostrándole los colmillos, las orejas pegadas al cuello. El animal gruñía y le escupía en la garganta. Asqueroso como suena, la mujer comenzó a ahogarse. Sin poder respirar, pudo observar cómo una sombra rodeaba al gato.

Lo único que se le ocurrió a la mujer fue rezar tanto como pudo. El gato siseó y salió corriendo de la casa. La mujer nunca más volvió a ver al gato.

15

El sastre poseído

ESTA HISTORIA se publicó en muchos periódicos del siglo XVIII. El Reverendo Robert William Wake mandó una carta al responsable de la gaceta de Bristol en 1788. En la carta contaba la historia de una posesión y exorcismo despertó una gran controversia entre la superstición y la salvación espiritual en una Inglaterra y que se desarrollaba con la época de la ilustración.

La carta contaba la historia de George Lukins, un sastre en el norte de Somerset. Las personas que lo conocieron decían que era un hombre de muy buen carácter, que era un fervoroso creyente y que acudía a la iglesia con tanta frecuencia.

· · ·

Su trabajo era de sastre, aunque él prefería trabajar como actor en un grupo local que montaba obras del folklore y pastorelas para la iglesia local. Su vida era bastante normal hasta la Navidad de 1769.

Una noche, después de montar una obra para una casa local en Yaton que pertenecía al Sr. Love, todo el grupo decidió beber un trago con el anfitrión. Todos los actores y los presentes en la reunión bebieron demasiado esa noche. Cuando George intentó salir de casa de su anfitrión, cayó al suelo inconsciente. Al despertar, dijo que había caído no por lo borracho, sino porque algo o alguien lo había golpeado.

Al día siguiente, George esperaba sufrir solamente de una terrible resaca, pero sus síntomas eran mucho más que eso. Comenzó a sufrir de ataques que comenzaban con temblores violentos en su mano derecha que luego iban subiendo por su brazo hasta su rostro. Eventualmente, todo su cuerpo se estremecía con espasmos.

Durante esos ataques, comenzaba a gritar que él era el demonio y comenzaba a llamar a ciertos seres que estaban dedicados a su voluntad y les ordenaba que torturaran a esa pobre víctima con todo el poder que tuvieran.

Era como si George se hubiera vuelto loco, pero en realidad había sido poseído y el demonio hablara a través de su voz. Así es como comenzó este caso de posesión demoniaca.

Luego de eso, comenzaba a cantar canciones folclóricas con voces femeninas y masculinas, cantaba los himnos a Dios al revés y hacía ruidos animales como gruñidos y ladridos. Otro de sus síntomas era contorsionar su cuerpo en posiciones increíbles y arrojarse por la habitación como si algo o alguien más lo estuviera aventando.

Cuando escuchaba oraciones o expresiones religiosas, George gritaba de dolor y comenzaba a gritar blasfemias y groserías. Según varios registros de los testigos de estos ataques, varias personas dicen que parecía como si alguien más lo estuviera manipulando.

Sus ojos permanecían cerrados durante todo el ataque, aunque parecía estar lúcido y capaz de comprender a las personas que le hablaban. Igualmente era capaz de contestar preguntas durante estos momentos.

.   .   .

Al terminar su ataque, George gritaba que el demonio había concluido su ceremonia, pero que continuaba su resolución de castigarlo para siempre, así pues, después de demostrar su poder, dejaba que el paciente se recuperará de su influencia a pesar de estar débil y exhausto.

Estos ataques solían durar alrededor de una hora y podía llegar a sufrirlos hasta siete veces al día, cada día de la semana.

Debido a todas las lesiones que se causaba a sí mismo, varias personas de la iglesia le ayudaban para evitar que se lastimara a sí mismo, lo sostenían mientras intentaba arrojarse hacia las paredes y al piso.

George continuó con su vida como pudo, a veces quedando en cama por varios meses después de un ataque. Y luego pasaba varios meses sin sufrir de ataque.

Llegó a acudir a varios hospitales en los que no sufría de ningún tipo de ataque y simplemente lo diagnosticaron como hipocondriaco.

. . .

Al volver a casa, los ataques se repetían y podía llegar a pasar horas convulsionando violentamente, hablando y cantando con varias voces y maldiciendo.

Varios médicos fueron a visitarlo y le recetaron grandes dosis de láudano, un opioide que tranquilizaba, pero no surtió efecto. Debido a que necesitaba muchos cuidados, George terminó viviendo en varias casas, incluyendo la de su Hermano que lo cuidó y atendió.

Eventualmente, los ataques se fueron haciendo cada vez más y más esporádicos, hasta que parecían haber desaparecido. Sin embargo, en 1787, los ataques volvieron y se hizo evidente el diagnóstico. Según las palabras del mismo George, le dijo a los médicos y a los sacerdotes que había sido poseídos por siete demonios. Así pues, le pidió a los sacerdotes que lo visitaran siete Padres dispuestos a expulsar la presencia demoniaca.

En la primavera de 1788, George se fue a vivir a la casa del Reverendo Joseph Easterbrook, quien estaba convencido de la posesión de George y varios de sus fieles le habían pedido ayuda con este caso. El Reverendo cuidaba al enfermo durante esos ataques y trataba de analizar si de verdad se trataba de una posesión demoniaca.

Antes de llamar a cualquier grupo de sacerdotes, tenía que determinar si merecía la atención de la iglesia.

El Reverendo se reunió con otros sacerdotes de la región estuvieron de acuerdo que el problema de George Lukins era algo sobrenatural, pero no querían realizar ninguna oración para curarlo, es decir, que no realizarían ningún exorcismo.

Entonces, el Reverendo contactó a la iglesia anglicana y a uno de los fundadores del movimiento metodista. Así pues, se reunieron otros seis clérigos metodistas para participar en el ritual. Se reunieron en la iglesia de Bristol y prepararon todo lo necesario para el exorcismo.

El rito comenzó a las 11 de la mañana con los cánticos de algunos himnos apropiados para la ocasión. En poco tiempo, George comenzó a convulsionar de la forma ya conocida, sin embargo, sus convulsiones y movimientos se volvieron cada vez más fuertes. Uno de los reverendos le preguntó, en el nombre del Padre, del Hijo y del Espíritu Santo, "¿Quién eres?". No hubo respuesta. Hasta la tercera vez fue que contestó después de sonreír y dijo con una voz horrible, "Soy el Diablo".

. . .

Cuando se le preguntó por qué atormentaba a ese hombre, su respuesta fue, "Para mostrar mi poder a los hombres".

Después de eso, George sufrió una terrible convulsión, por lo que lo retuvieron entre dos hombres que estaban ahí para ayudar a los Padres. El hombre comenzó a echar espuma por la boca, su cara se distorsionó en gestos que parecían imposibles y después de algunos movimientos violentos, habló con una voz profunda y vacía pidiéndole explicaciones a George y burlándose de él por pedir la ayuda de personas tan tontas, luego juró por su guarida infernal, que nunca soltaría a ese hombre y que lo torturaría mil veces peor.

La voz era bastante demoniaca y luego continuó cantando y blasfemando, hablando de su poder y jurando eterna venganza a todos los presentes, retándolos a oponerse. Luego ordenó a sus sirvientes que aparecieran y que tomaran sus puestos. Siguió maldiciendo y cambiando de voces mientras el hombre sufría en agonía.

De vez en cuando soltaba una risa terrible y otras veces hacía ruidos animales.

· · ·

Los sacerdotes seguían rezando, mientras las voces en George cantaban el Te Deum al demonio. Los hombres rezaban y le instaban a repetir el nombre de Jesús. Uno de los reverendos ordenó varias veces al espíritu maligno que saliera del hombre, hasta que una voz dijo, "¿debería renunciar a mi poder?" y luego se escucharon terribles aullidos. Poco después se escuchó otra voz que decía, "Nuestro amo nos ha traicionado. ¿A dónde iremos?". A lo que contestaban otras voces dentro de George, "al infierno".

Tan pronto como terminó el conflicto de voces, George pudo hablar con su voz natural y decir "¡Bendito Jesús!". Se tranquilizó, alabó a Dios por su ayuda y se puso a recitar uno de los salmos.

Después de 18 años sufriendo de la posesión demoniaca, George Lukins por fin fue liberado.

16

Un cruel exorcismo

ESTE ES uno de los casos más horribles que han sido registrados y reportados en los periódicos debido a todos los
aspectos y tratos crueles que sufrió la víctima, de tan solo
11 años de edad. Su nombre era Rosa María Gonzálvez,
una niña inocente y alegre, ignorante de las crueldades
del mundo. Esta historia real demuestra que el malo no
siempre es al que señalan y que incluso quien dice ser un
elegido de Dios puede ser todo lo contrario, ya que se
sabe que los seres malignos gustan de profanar y perjurar
en nombre de lo sagrado.

Todo ocurrió en el año de 1990 en Almansa, en Albacete,
España, y el caso de este exorcismo fue tan grave, que la
pequeña murió durante el rito religioso, que, aunque
realizado en nombre de Dios, tiene una realidad tan

perturbadora que parece más bien realizado en el nombre del demonio.

Almansa, una pequeña región al sureste de España, era conocida por su fabricación de zapatos y por la cantidad de curanderos que había. Hoy en día, por desgracia, es conocida por este terrible caso real. La historia fue publicada en varios periódicos y sacudió a toda la sociedad española de la época.

Los curanderos de ese entonces, hace apenas 30 años, se dedicaban a sanar a las personas enfermas y afligidas por medio de brebajes y con la imposición de las manos. Decían que podían llegar a curar toda clase de enfermedad, incluso cáncer y peores situaciones como una posesión demoniaca. Todo eso por unas cuantas pesetas.

La madre de Rosa María, Rosa Gonzálvez Fito, era una de esas curanderas y tenía ya cierta fama por sus habilidades, por lo que recibía a pacientes de toda la región española, quienes acudían a ella en busca de un remedio para sus males. Su fama era tal que se ganó el apodo de "La curandera", "Miradora", "Sanadora" o "Hermana de la luz" entre todos los curanderos del pueblo.

· · ·

Le iba muy bien, aunque a casi todos los sanadores del pueblo no les iba mal.

Rosa Gonzálvez había aprendido su profesión con un sanador, antes trabajador en la fábrica de zapatos, de nombre Enrique. A lo largo de sus enseñanzas, Rosa se convenció de que Dios mismo le había destinado el camino de la curación.

La madre era tan exitosa como curandera que incluso su esposo, Jesús, el padre de Rosa María, renunció a su trabajo como zapatero para ayudarle en su negocio de curaciones que tenía lugar en la planta baja de su propia casa. Además de sanar a las personas, principalmente con la imposición de las manos, también realizaba amarres y otro tipo de rituales y servicios de lo que ahora se conoce como brujería.

Rosa tenía conocimientos sobre las propiedades médicas de las hierbas que recogía en el campo, así que las aprovechaba para realizar pociones, empastes, masajes e incluso para entrar en estado de trance cuando requería visiones del más allá. Esto le ayudó a ganar fama y a ganar cada vez más ganancias.

. . .

Con el tiempo, la hermana menor de Rosa, Ana, también se volvió curandera y comenzaron a atender juntas el negocio familiar, aunque era Rosa la que tenía más conocimientos y sanaba a más personas. El negocio cada vez se volvió más popular entre los habitantes.

Una vecina de Rosa, María de los Ángeles Rodríguez Espinilla, acudió a Rosa para una consulta y curación. Después de avisarle a María de los Ángeles que su marido, Martín, estaba poseído por un demonio, las vecinas se volvieron muy amigas, ya que la Sanadora la había curado de todos sus males. María de los Ángeles se obsesionó tanto con Rosa que dejó de frecuentar a su esposo y ya no hacía tanto caso a sus dos hijos. En su lugar, se la pasaba con las hermanas sanadoras, en especial con Rosa.

Con el tiempo, la relación entre Rosa y María de los Ángeles superó las barreras de la amistad y comenzaron a realizar sesiones espiritistas juntas, en las que realizaban hechizos y rituales en un cuarto privado. También se dice que llegaron a volverse amantes.

Eventualmente, la hermana de María de los Ángeles, María Mercedes, también acudió a las hermanas sanadoras y así fueron los dos pares de hermanas quienes ayudaban al público con sus sanaciones. Todas recurrían a los hechizos y rituales y se unieron en amistad.

Una noche, las cuatro mujeres asistieron a la casa de María de los Ángeles. Rosa, gracias a su conocimiento sobre hierbas, recurrió a una hierba que se utilizaba para inhibir la voluntad, causar alucinaciones y pérdida de memoria, para así poder influenciar en los pensamientos y acciones de las personas. Las cuatro mujeres celebraron una ceremonia con esa hierba durante toda la noche, en la que sufrieron estados de trance y éxtasis.

En cierto punto, Rosa comenzó a hablar y a cantar con una voz grave que no parecía la suya, diciendo que San Jerónimo hablaba a través de ella. Afirmaba que ella era la herramienta de Dios y que tenía que liberar al mundo del mal.

A la mañana siguiente, las mujeres fueron por más hierbas y se reunieron en casa de Rosa para seguir con la ceremonia. Rosa y María de los Ángeles tuvieron una revelación en la que decían ser la reencarnación de Jesucristo y de la Virgen María. Después de eso, perdieron todo el control.

En algún punto, Ana se marcó porque estaba asustada por la actitud de su hermana y vecinas.

Mientras tanto, las mujeres cayeron en un estado de trance que iba más allá de los límites humanos. En ese momento, todo se volvió caótico. Rompieron muebles y espejos, perdieron el control de sus cuerpos y acabaron orinando, defecando y vomitando en ellas mismas. Luego de eso se echaban lociones y jabones en el baño. Caminaban sobre el revoltijo de deshechos y vidrios rotos. Esas acciones se volvieron un ciclo que duró varias horas, sin que ninguna de las mujeres entrara en razón.

Se cree que en ese momento fue cuando las mujeres acabaron poseídas por algo que estaba más allá de su control.

Durante los dos días que duró la ceremonia de las mujeres, Rosa María, la hija de Rosa, estuvo presente en su casa. Al segundo día, llegaron también los hijos de María de los Ángeles. Los niños presenciaron el terrible estado en el que se encontraban sus familiares, sin que ellas tuvieran una noción razonable de lo que pasaba.

· · ·

No se sabe si, en ese punto, las mujeres accedieron a un poder más allá y fueron ellas las que acabaron poseídas, puesto que una persona pura, capaz de realizar exorcismos, no cometería las terribles agresiones que dentro de poco realizarían estas mujeres.

Rosa dijo que eran los niños quienes estaban poseídos. De ser así, los niños tendrían una conducta fuera de lo normal y violenta, lo cual no era el caso. Sin embargo, Rosa, en el estado poseído en el que se encontraba, recurrió a realizar lo que ella creía que era un exorcismo. Introdujo los dedos en las gargantas de los niños y rasgó sus esófagos. Los niños vomitaron sangre por las heridas, no por una cuestión demoniaca.

Por suerte, Martín, en la noche, el padre de dos de los niños consiguió llevarse a sus hijos a casa, aunque su mujer, María de los Ángeles, no quiso salir de la casa. Por esa razón, las mujeres, al día siguiente, sellaron puertas y ventanas de la casa para evitar que alguna de ellas o la niña pudiera salir.

Para el tercer día de la ceremonia, las mujeres definitivamente estaban fuera de sus cabales. Ahí sucedió la tragedia.

Fueron por Rosa María y la llevaron al cuarto donde habían realizado la larga ceremonia. Para ese momento, la habitación ya no parecía lugar donde pudiera vivir un ser humano, emanaba un terrible olor y estaba en condiciones asquerosas, como si el mismo demonio hubiera pasado por ahí.

La niña estaba asustada, encogida sobre sí misma en una esquina de la habitación, no sabía nada de lo que le esperaba, pero presentía que algo estaba mal.

Una pequeña luz de esperanza brilló cuando llegó el padre de Rosa María, Jesús, pero rápidamente se extinguió cuando las mujeres, con fuerza que parecía sobrehumana, lo dominaron, lo golpearon y lo obligaron a limpiar la casa mientras ellas lo maldecían y le gritaban obscenidades. En cierto punto, Rosa lo acusó de también estar poseído por el demonio que también controlaba a Martín, el marido de María de los Ángeles.

Luego, Rosa le ordenó a Jesús que pusiera a la niña en la cama y que luego se fuera de la casa. El hombre, ya sea por cobardía o por miedo ante lo que parecía poseer a las mujeres, obedeció.

· · ·

Así pues, la niña permaneció en ese lugar por varias horas, impotente ante la locura de su madre y las otras dos mujeres.

De repente, María de los Ángeles comenzó a sangrar por la vagina. Menstruación o no, Rosa estaba convencida de que un demonio estaba dominando a su amiga del alma y que quería poseerla. Así pues, Rosa intentó expulsar al supuesto demonio pateando y golpeando el vientre de María de los Ángeles. La vecina, quizás poseída por una fuerza maligna y cruel que ansiaba ver la destrucción y el sufrimiento de una niña inocente, dijo estas palabras, "¡Es la niña! ¡La niña está embarazada del Diablo!".

Así pues, Rosa, la madre de Rosa María, ordenó a las otras dos mujeres que sujetaran a la niña y comenzó a extraer el supuesto ser maligno de su hija. Sin entrar en detalles grotescos, la mujer evisceró a la niña por su vagina, mientras ella gritaba, "¡Mamá, acaba pronto!".

La madre, poseída por algo cruel y maligno, seguía y seguía mientras decía, "¡Otro! ¡Y otro demonio! ¡Coño, esto no se acaba nunca!".

. . .

Siguió sacando pedazos del cuerpo de su hija mientras alababa en vano el nombre de Dios. "¡Gloria al Espíritu Santo! ¡Gloria a Jesús! ¡Sal, cabrón!". Conforme sacaba tejidos y órganos sanguinolentos, Rosa decía, "Es un demonio, esto es un nido. ¡Aquí hay más!".

La madre se cansó de su labor, pero la crueldad no acabó ahí. Le pidió a María de los Ángeles que siguiera con el procedimiento, que claramente no era un exorcismo, sino la obra de un demonio cruel. La mujer siguió con la evisceración.

Lo peor del caso es que Rosa María estuvo consciente por varios minutos mientras todo eso sucedía. Murió por la pérdida de sangre. Para cuando las mujeres terminaron, 25 minutos después de comenzar, poco quedó intacto en el interior de la niña. Luego de eso, las mujeres comenzaron a bailar alrededor del cadáver.

Mientras tanto, Jesús y Ana estaban afuera de la habitación, del otro lado de la puerta cerrada, intentando calmar a Rosa. Mientras escuchaban los gritos de la niña, le gritaban a la mujer que se detuviera, que estaba matando a la niña.

. . .

Cuando por fin dejaron entrar a Ana a la habitación, Rosa cargaba el cadáver de su hija. En el piso había sangre y tripas. Antes de que pudiera hacer algo, Rosa acusó a Ana de la muerte de la niña, diciéndole que estaba poseída. Así pues, las mujeres la atacaron, intentando arrancarle los ojos. Esto se debía a que, supuestamente, si tocaban a la niña con los ojos de Ana, la pequeña iba a resucitar.

Las mujeres pelearon durante 15 minutos hasta que llegó la policía, rompiendo puertas. Jesús corrió a pedir ayuda.

Por fin llegaron los paramédicos de la Cruz Roja, quienes vomitaron al ver la escena. Se llevaron el cuerpo de la niña.

Llegó la policía municipal. Según el reporte, todas las imágenes religiosas, ya fueran estatuas, cuadros o estampas, habían sido destruidos por las mujeres. Ni una señal de la presencia de Dios ni de los Santos. En las paredes y en el piso había una asquerosa mezcla de fluidos, deshechos humanos, restos de órganos y pedazos de figuras religiosas como muestra de que habían seguido con el ritual que se puede considerar demoniaco.

. . .

La policía arrestó a María Mercedes en el lugar, pero Rosa y María de los Ángeles lograron huir, sin embargo, lograron arrestar a Rosa y, poco después, a María de los Ángeles después de una persecución.

Dos años después, comenzó el juicio. Rosa no quiso declarar porque, según dijo su defensor, ella no recordaba nada de lo que había pasado. María Mercedes dijo que ella no sostuvo a la niña, que era de lo que se le acusaba, y que no se dio cuenta de que estaba muerta hasta que llegó la policía. María de los Ángeles igualmente decía no recordar nada.

Sin embargo, María Mercedes recordaba todo con exactitud y comentó todo lo que sucedió. Igualmente, en contraste, Rosa y María de los Ángeles vestían de luto, mientras que María Mercedes vestía con colores vivos y seductores, estaba atenta a todos los detalles durante el juicio e incluso habló con los medios de comunicación durante uno de los recesos. Ella fue la única que declaró.

Otro aspecto siniestro de este caso es que, según María Mercedes, ella no merecía ir a la cárcel porque ella estaba ayudando a la niña durante su evisceración, ya que le estaba sosteniendo la mano y le decía que todo iba a estar bien. Esa era su defensa.

A pesar de ser la única que testificó y relató con detalle todo lo que sucedió, la audiencia de Albacete sentenció que no se podía comprobar que María Mercedes hubiera participado directamente en el asesinato de la niña. A Rosa y a María de los Ángeles las declararon no responsables legalmente de los hechos por sufrir de un trastorno psicótico, de acuerdo con el examen psiquiátrico que se les realizó. Se dijo que actuaron en un estado psicótico agudo con alucinaciones.

Si se recapitula lo sucedido en todos los casos de posesión que hemos relatado, las personas poseídas manifestaban conductas que bien se podían comparar con la psicosis y las alucinaciones. Por lo que queda a discreción del lector determinar si las mujeres estaban poseídas o estaban en un estado de locura.

A Rosa y a María de los Ángeles se les multó con los costos del hospital de Ana, quien quedó con lesiones permanentes en los ojos, y se les condenó a siete años en un psiquiátrico, de los cuales, según otras fuentes, Rosa estuvo cuatro años y María de los Ángeles sólo uno.

Después de eso, María Mercedes y María de los Ángeles se mudaron a lugares distintos de España, mientras que Rosa dio entrevistas en las que pedían que la dejaran en paz, puesto que ya había cumplido su sentencia.

Según opiniones posteriores a los hechos, expertos dicen que a las mujeres no se les había diagnosticado ninguna enfermedad mental antes del hecho, por lo que no se les podía asignar un brote psicótico y pérdida de memoria. Es posible que las mujeres hubieran sufrido de una posesión demoniaca momentánea que, quizás, las exime de la culpa, o no, puesto que siempre estuvieron tentando al demonio con sus prácticas. Y, aunque no fuera posesión demoniaca, las mujeres demostraron una conducta que sí se puede calificar de demoniaca.

Las mujeres siguen libres hasta el día de hoy.

17

María Pizarro, de poseída a santa

ESTA ES una historia muy antigua y no tan conocida sobre una joven que fue poseída en el siglo XVI. Lo peculiar de esta historia es que llegó a involucrarse hasta la Santa Inquisición, la máxima fuerza religiosa en la región durante esos años. Es tan verídica esta historia que se puede encontrar en la "Historia del Tribunal de la Inquisición en Lima (1569-1829)".

María Pizarro era una joven de 19 años que nació en Lima, Perú. Su padre era el alcalde del lugar y su madre se dedicaba a vender el ganado de la granja familiar para pagar las necesidades de la familia. María tenía cuatro hermanos, de los cuales, Martín, el más joven, se volvió sacerdote; también tuvo dos hermanas, pero una murió ya mayor.

Como era acostumbrado en esa época, la madre no quiso que sus hijas aprendieran a leer ni a escribir, y más bien se les enseñaba a bordar y a coser. Igualmente, al llegar a la adolescencia, la madre metió a María en un convento, ya que no le veía disposición para ser una buena esposa y ama de casa, lo que se esperaba de una joven de aquella época.

Sin embargo, las monjas la expulsaron del monasterio por no saber leer ni tocar instrumentos, por sus maneras rudas y por no ser "una mujer aplicada". Además de eso, las mujeres religiosas la rechazaron por ver en ella una gran indisciplina, era mentirosa, presuntuosa, porque pecaba de la envidia y que tenía inclinaciones que, según ellas, no eran adecuadas.

En 1568, a sus 18 años, María sufrió de una enfermedad algo extraña que dejó su mente aturdida. Sus padres, viendo muy grave a la joven, la llevaron con los sacerdotes dominicos para la extremaunción. Estos sacerdotes fueron los primeros testigos de la extraña conducta de María. Ella se reía de la nada, sin que nada ni nadie la provocara, o eso creían. Igualmente, la joven gritaba sin ninguna provocación.

. . .

Después de que los sacerdotes revisaran su hogar en busca de las causas de esa extraña actitud, el líder de la compañía dominica descubrió el origen de los problemas. María estaba poseída por un demonio.

Luego de ese descubrimiento, repentinamente, María dejó de hablar y tampoco comió por 15 días, lo cual llegó a enfermarla gravemente. No obstante, su conducta se volvió más extraña y violenta. Gritaba y bramaba, saltaba y se lastimaba el rostro sin que nadie pudiera controlarla.

Esas fueron las pruebas suficientes, era definitivo que la joven estaba poseída.

Los padres acudieron al cura de San Sebastián, quien tenía experiencia con exorcismos. Varias personas se reunieron para presenciar el hecho y muchas confirmaron las extrañas actitudes de María, temiendo por la presencia demoniaca.

El rostro de María se contorsionaba en gestos grotescos, su cuerpo se movía violentamente e incluso era difícil retenerla entre tres hombres robustos. Los sacerdotes lo calificaron de espasmos demoniacos.

Para mayor confirmación, María confesó que se había ofrecido al demonio en una ocasión en la que estaba muy molesta. Poco después de eso, el ser maligno se le apareció debajo de una higuera y asumió la forma de un atractivo joven. Él le ofreció su servidumbre a cambio del alma de María. Ella accedió y le dio unas gotas de sangre que extrajo de su dedo medio, un mechón de cabello y un anillo color negro. A cambio de su ofrenda, el demonio le dio a María un fruto, una ensalada y un brebaje.

Los jesuitas y los dominicos quedaron impactados ante esa manifestación. El sacerdote Pedro de Toro dedujo que el pacto se había realizado dos años atrás, pues ese era el tiempo que tardaba un pacto en hacerse efectivo. Poco después, se realizó otra junta de religiosos y se acordó que debían exorcizar a María.

El ritual comenzó un viernes temprano y terminó al día siguiente. Durante ese tiempo, los sacerdotes interrogaban a la joven. En ocasiones, el demonio hablaba a través de ella y contestaba a las preguntas, pero no siempre era tan accesible. Cuando trataban de alimentar a María, ella escupía, vomitaba e incluso llegó a escupir hierbas.

. . .

Después de este rito, los sacerdotes acudieron al arzobispo, quien determinó que a la joven le faltaba comer, por lo que se la llevó a su casa donde la cuidó un tiempo y luego retomaron los exorcismos. Los sacerdotes se turnaban rezando por ella, día y noche, durante más de 30 días.

Creyeron que todo había terminado, pero los síntomas volvieron. Según dijo Fray Pedro de Toro, algunos demonios se habían escondido dentro de María. Así pues, siguiendo las instrucciones de su ritual de exorcismo, tenían que hacerlo dentro de una iglesia cuando hubiera muchos feligreses presentes.

El primer intento no funcionó, por lo que tuvieron que repetir el procedimiento en varias ocasiones. Según los registros históricos, llegaron a expulsar más de 80 demonios del cuerpo de María.

Debido a que corría el riesgo de volver a ser poseída, los religiosos se turnaban para cuidarla también de noche.

Pero los demonios persistían.

• • •

A los sacerdotes no les quedó más remedio que ponerle grilletes en brazos y piernas para controlarla.

Ya que vieron que las manifestaciones se tornaban más violentas, los religiosos optaron por abofetear a María en un intento de expulsar a los demonios, pero eso sólo los hacía enfurecer más. Como eso no funcionaba, cambiaron de táctica.

Ahora intentaban ganarse su confianza, por lo que le regalaron dinero, vestidos y joyas. Así, los demonios se calmaron y, en una ocasión, revelaron el nombre de tres de ellos que residían en el cuerpo de María. Aunque los nombres dados parecían sospechosos, los Padres descubrieron que eran nombres falsos o alternativos que intentaban despistarlos, por lo que siguieron con el rito de exorcismo.

Fue entonces cuando descubrieron que los demonios se escondían en diferentes partes del cuerpo de María, como en su codo o en el pulgar. Igualmente, en vez de hacer sufrir a María, los demonios la seducían, le daban regalos y la hacían reír. La cuestión era que las personas a su alrededor simplemente veían que María se reía sola.

· · ·

Los demonios solamente se tornaban agresivos cuando intentaban exorcizarla.

Durante uno de los ritos más intensos, sucedió algo milagroso. María atestiguó haber visto a dos espectros blancos entrar a la habitación, eran ángeles con armas blancas. Con una lanza, uno de los ángeles apuñaló a los demonios que iban saliendo del cuerpo de María. Luego, se volteó y le dijo que era San Gabriel y quien lo acompañaba era San Dioniso. Ambos regresaron durante varios días a combatir a los demonios expulsados.

Pero la dicha no duró tanto, puesto que María cayó en un estado letárgico por un tiempo, pero eso fue una breve prueba para la alegría que le esperaba.

Poco tiempo después, a María le llegaron revelaciones de los ángeles. Comunicó a los padres que ella había sido elegida por Dios y que quería hacerla su esposa, así pues, quería halagarla con dinero y joyas. Los sacerdotes estaban maravillados.

Algunos días después de eso, María comunicó a los sacerdotes que su boda estaba por celebrarse y que estaban presentes varios santos y ángeles. La Virgen María y José también acudieron y le rogaron que se apartara de los demonios. Jesús llegó colgado en su cruz y le mostró sus heridas santas, luego le pidió que se volviera su esposa.

A partir de ese momento, Jesús, a través de María, les dio instrucciones a los sacerdotes para continuar con el exorcismo. Debían buscar un conjuro romano sobre los humores y seguir las instrucciones que ahí estaban escritas.

Como agradecimiento, Jesús les ofreció regalos y profecías a los sacerdotes. Uno de esos regalos fueron unas estolas con las que podían curar a los enfermeros. Los ángeles les comunicaban hechos futuros, que les deparaban futuros llenos de gloria.

María seguía sufriendo de ataques que contorsionaban todo su cuerpo, además de cambios de humor repentinos que alteraban radicalmente su conducta. Por esa razón, siguió trabajando de la mano de Dios para exorcizar a los demonios en su interior.

· · ·

Después de tres años de exorcismos inefectivos, uno de los sacerdotes reportó sus actividades a la recién formada Inquisición. La Santa Inquisición, que comenzó a funcionar en 1571, se dedicaba a cuidar que la población no entrara en contacto con herejes, así como también procuraba la difusión de la religión católica. La Inquisición comenzó a investigar.

En 1572, los agentes de la Inquisición arrestaron a los tres sacerdotes y a María, por perjurio, engaño y blasfemia, ya que, al parecer dos de ellos habían dejado embarazada a María. Después de unos años, uno de ellos murió después de salir de la cárcel, sin embargo, a otro de ellos se le sometió al tormento, es decir tortura. El objetivo era que confesaran sus pecados y salvarlos.

Después de confesar, los castigaron prohibiéndoles dar misa y confesar, además de expulsarlos a un convento, eventualmente desterrados a España. Uno de ellos se defendió diciendo que, todo ese tiempo, María estuvo poseída por ángeles. Llegó al punto de decir que era un nuevo profeta con la tarea de interpretar los mensajes de María Pizarro. La Iglesia lo condenó por hereje y lo quemaron en la hoguera.

· · ·

María Pizarro, por su parte, confesó todo y colaboró con la Inquisición. Dijo que, cuando hablaban los ángeles a través de ella, entraba en un estado de trance, por lo que no recordaba nada de esos momentos. No obstante, confesó tener encuentros sexuales con el demonio y con uno de los sacerdotes.

En la cárcel, María enfermó gravemente y terminó por confesar todos sus pecados. La condenaron por hereje y le confiscaron todos sus bienes. Siguió viva por varios años más, arrepintiéndose y retractándose de varias cosas, menos de sus encuentros con el demonio, hasta que, en 1573, por fin, murió.

18

El hotel Driskill y la pintura poseída

EL HOTEL DRISKILL EN AUSTIN, Texas, es famoso por una curiosa pintura que cuelga en sus paredes. A pesar de haber sido visitado por celebridades y gente importante, lo que más destaca de este hotel son las extrañas pinturas que cuelgan en sus paredes. Una de ellas, colgada en la pared del descanso de las escaleras, es la pintura del coronel Driskill que tiene una mirada algo perturbadora, ya que muchos dicen que sus ojos te siguen, que se siente la mirada penetrante a cualquier lado que vayas. Quizás eso tenga que ver con el relato de cuando una bala impactó la pintura cuando dos abogados estaban llevando a cabo un duelo hace muchos años.

El hotel fue inaugurado en 1886 por este coronel, quien padecía de una adicción a las apuestas y rápidamente perdió la propiedad en un juego de cartas. Cuatro años después, el coronel murió y muchos dicen que su espíritu todavía ronda por los pasillos del hotel por el arrepentimiento de haberlo perdido. A veces se puede llegar a oler el aroma de su cigarro preferido. Sin embargo, esta no es la pintura poseída.

En el quinto piso del hotel se puede encontrar la pintura de una niña rubia que sostiene unas flores en una mano y una carta en la otra. A primera vista, podría parecer una pintura normal, pero entre más se queda uno viendo al rostro de la niña representada, se pueden sentir cosas paranormales. A pesar de ser una pintura basada en una pintura más antigua llamada "Letras de amor", del artista Charles Trevor Garland, esta réplica se mandó a hacer después de un terrible accidente.

En 1887, se hospedó en el hotel el senador Temple Lea Houston y su familia que constaba de su esposa y dos hijos. Esto se debía a que, durante ese año, el capitolio del estado de Texas todavía estaba en construcción, por lo que la 20° legislatura se llevó a cabo en los salones de banquetes del hotel Briskill. Al ser uno de los senadores más ricos del estado, Houston se pudo dar el lujo de hospedarse en este mismo lugar.

· · ·

La hija mayor, Samantha, adoraba jugar en cualquier oportunidad. Y estar de visita en un hotel lujoso no era la excepción. Una terrible noche, la niña sale de su habitación silenciosamente mientras su madre dormía y su padre trabajaba. Su inocencia la llevó a la muerte cuando perseguía una pelota de cuero y cayó por las escaleras. La pequeña niña se rompió el cuello y murió al instante. Tan sólo tenía cuatro años de edad.

Según los reportes de la investigación, el senador fue llevado inmediatamente a ver lo ocurrido y cayó devastado al ver el cuerpo de su hija. Algunos dicen que amenazó a la multitud con su pistola y que su amigo, el senador Richard Harrison, se la quitó antes de que hiciera daño a un inocente.

Antes del funeral, el senador se puso en contacto con un pintor local, William Henry Huddle, para que realizara una pintura que se pareciera a su hija fallecida, utilizando como modelo el cuerpo de Samantha. Después de que se terminaran los bocetos necesarios, el senador volvió a Mobeetie, Texas, donde enterró a su hija.

En 1888 el senador volvió y pronunció un discurso por la inauguración del edificio del capitolio.

En ese discurso también rindió homenaje a su difunta hija que había muerto mientras jugaba y ellos realizaban una sesión legislativa. Ese discurso y el reporte del juez de instrucción son los únicos documentos que relacionan a Samantha con el hotel Driskill.

El hotel cerró por un tiempo y el hecho de la muerte de la niña se manejó de forma discreta. Sin embargo, el senador Temple nunca volvió por la pintura que había encargado. En su lugar, el coronel Driskill compró la pintura y la colgó en la pared de la escalinata del hotel.

Años después, en 1905, el senador murió y, en 1938, murió la madre de la niña.

Desde que Driskill perdiera el hotel ante las manos de su cuñado, Jim Day, ya corrían las historias de que la pintura de Samantha estaba poseída por el mismo espíritu de la niña, por lo que fue almacenado en un armario hasta que el nuevo dueño, en 1903, sacó la pintura y la colgó en el pasillo del quinto piso en donde todavía hoy sigue colgada.

· · ·

La madre de Samantha donó al hotel retratos individuales de ella y de su marido en 1906. Se colgaron junto a la pintura de la niña. Muchos visitantes y trabajadores llegaron a presenciar que las pinturas de los padres se cayeran sin que nadie las tocara ni que el viento las moviera. Así pues, las pinturas fueron clavadas a la pared.

Durante todo el tiempo que la pintura ha estado colgada, muchos visitantes y trabajadores dicen haber visto que la expresión de la niña cambiara repentinamente. Otros dicen sentirse mareados o enfermos cuando se quedan viendo la pintura por mucho tiempo o tener una sensación de que flotan.

Igualmente, los empleados y los visitantes solían dejar caramelos para la niña en una mesa que se encontraba bajo la pintura. Sin falta, los dulces desaparecían. Cuando se interrogó a los guardias nocturnos sobre la desaparición de los dulces, ellos decían haber visto cómo se desvanecían frente a sus ojos. Durante una renovación del hotel, se descubrieron muchos de los caramelos detrás de la pintura de la niña. Nadie sabe cómo llegaron ahí exactamente.

· · ·

Otra manifestación de la presencia del espíritu en la pintura es que algunas personas han dicho ver a una niña pequeña vagando por la zona, jugando con una pelota e incluso han escuchado durante la noche risillas infantiles en el piso en el que murió.

Más que un fantasma, muchos dicen que la pintura está poseída por el espíritu de la niña. No es una presencia maligna ni que quiera hacer daño a los demás, solamente está ahí para recordar los momentos divertidos de su vida antes de morir.

Conclusión

La mayoría de los casos de posesiones suelen ser por uno o varios demonios, ya que los espíritus prefieren rondar en forma de fantasmas y no hacer daño a las personas. En muchas ocasiones, la posesión demoniaca se debe a que la misma persona provocó la presencia de los seres malignos al pedir su ayuda o vender su alma. En otros tantos casos se debe a que otra persona embruja a la víctima para tratar de conseguir algo de ella.

La posesión se puede realizar en objetos y en seres vivos, por lo que los animales y los seres humanos son propensos a padecer de esta terrible actividad paranormal.

Sea cierto o no, las víctimas sufren de terribles síntomas que suelen ser dolorosos de vivir y terribles de observar.

Las posesiones suelen caracterizarse por convulsiones, levitar, hablar con otras voces o en otros idiomas, maldecir y blasfemar, gritar, gruñir y realizar sonidos que no parecen humanos ni naturales.

Desafortunadamente, las víctimas suelen sufrir demasiado y toda esta aflicción suele ser provocada por un ser humano que no comprende sus límites. En ocasiones, que podríamos decir que son incluso peores, las víctimas son completamente inocentes y simplemente han sido elegidas por la diversión de los seres malignos.

Si algo podemos aprender de todas estas historias es que hay que tener cuidado con lo que se desea y ser más humildes como seres humanos ante el poder de lo que no comprendemos. O simplemente no meterse con fuerzas que van más allá de nosotros.

Sin embargo, una cosa es segura. Todos los casos que proclaman ser una posesión demoniaca suelen implicar terribles sufrimientos y agonías que nadie debería pade- cer, desde asesinatos hasta violaciones y robos.

Depende del lector decidir si las historias que ha leído son mera ficción o son acontecimientos que desafían la razón humana.

Referencias

Ɖєᴀᴛʜcяᴛsʜ. (08 de mayo de 2018). *Amino.* Posesiones demoniacas en animales. https://aminoapps.com/c/creepypastasamino-1/page/blog/posesiones-demoniacas-en-animales/Rr4z_5PMTwuLQmdn26ZZl2lmjkP2GkpxYY0

BBC News (17 de enero de 2020). *BBC.* Panama: Seven people found dead after suspected exorcism. https://www.bbc.com/news/world-latin-america-51144629

Castaño, J. (31 de octubre de 2018). *RCN Radio.* ¿Existe realmente la posesión demoníaca? Un exorcista habla sobre el tema. https://www.rcnradio.com/entretenimiento/cultura/cuales-son-las-formas-de-posesion-demoniaca

Cushman, P. (29 de octubre de 2019). *ABC 7 On Your*

Side. 'I could see the demons': An exorcism in Arkansas. https://katv.com/news/local/i-could-see-the-demons-an-exorcism-in-arkansas

Espallargas, A. (16 de enero de 2020). *ABC Internacional.* Una secta exorcista asesina a siete personas en Panamá. https://www.abc.es/internacional/abci-encuentran-siete-cadaveres-fosa-panama-donde-actua-peligrosa-secta-202001160902_noticia.html

Eva. (13 de septiembre de 2020). *A Bag Packed.* Death at The Driskill Hotel: A Ghostly Story of Samantha Houston. https://abagpacked.com/2020/09/13/death-at-the-driskill-hotel-a-ghostly-story-of-samantha-houston/

Getlen, L. (7 de marzo de 2020). *New York Post.* How an exorcist priest came face-to-face with the devil himself. https://nypost.com/2020/03/07/how-an-exorcist-priest-came-face-to-face-with-the-devil-himself/

Kwiatkowski, M. (27 de enero de 2014). *USA TODAY.* Strange events lead Ind. family to resort to exorcism. https://www.usatoday.com/story/news/nation/2014/01/27/family-possessed-seeks-exorcism/4939953/

Leyendas Legendarias (15 de mayo de 2019). *E11: La Exorcista de Almansa (con Mario Capistrán)* [Video]. Youtube. https://www.youtube.com/watch?v=xiSrSG5Mess

Leyendas Legendarias (21 de octubre de 2020). *E86: La Posesión de María Pizarro* [Video]. Youtube. https://www.youtube.com/watch?v=9JecqMnd91o&list=WL&index=2

McNabb, M. (18 de marzo de 2019). *Texas Hill Country*. Is this Painting in the Driskill Hotel Haunted by a Little Girl's Ghost? https://texashillcountry.com/haunted-painting-historic-driskill-hotel/

Millar Carvacho, R. (2007). Entre ángeles y demonios. María Pizarro y la Inquisición de Lima 1550-1573. *Historia, Vol II* (n° 40), 379-417. http://revistahistoria.uc.cl/index.php/rhis/article/view/10768/9932

Posesión demoníaca. (20 de enero de 2021). *Wikipedia, La enciclopedia libre*. Fecha de consulta: 11:35, 7 de mayo de 2021 desde https://es.wikipedia.org/wiki/Posesi%C3%B3n_demon%C3%ADaca

Reynolds, J. (18 de octubre de 2016). *BBC*. Exorcism in Italy a job 'too scary' for young priests. https://www.bbc.com/news/world-europe-37676977

S.a. (s.f.). *The Dark Histories Podcast*. The Yatton Demoniac: George Lukins. https://www.darkhistories.com/the-yatton-demoniac-george-lukins/

Villatoro, M. P. (10 de mayo de 2016) *ABC Historia*. El exorcismo en el que una española destripó a su hija «satánica». https://www.abc.es/historia/abci-exorcismo-espanola-destripo-hija-satanica-201605100123_noticia.html

WKYC Staff (31 de octubre de 2016). *WKYC*. Indiana family has a real-life exorcism story. https://www.wkyc.com/article/news/nation-now/indiana-family-has-a-real-life-exorcism-story/95-345008546

Historias de Terror de la Ouija en Español

Experiencias Reales de Horror con este Misterioso Tablero

Índice

Introducción

La Ouija, desde su primera aparición, ha sido una fuerte representante de lo místico, lo inexplicable, lo prohibido y lo paranormal. Como medio de contacto directo a otros mundos y dimensiones, es normal que te sientas atraído/a ante los misterios que guarda dentro de ella.

Sin embargo, como en la vida, nunca es posible estar completamente seguros de lo que nos deparará el destino, así que cuidado, que así como hay posibilidades de reencontrarte con seres queridos a los que extrañas y personajes de otras épocas que te contarán cómo era la vida antes de que murieran, también podrías encontrarte con los demonios más malévolos, aquellos que no necesitan descansar pero harán que tú pierdas el sueño.

· · ·

Las historias que aquí se recopilan son diversas, pero comenzaremos por saber qué son en realidad las Ouijas, cómo fue que surgieron y las historias que se cuentan alrededor de su creación, ¿cómo fue que este peculiar tablero se llegó a vender como un juguete para niños?

Seas entusiasta de lo paranormal o no, tu camino entre estas historias te llevará a experimentar diferentes sensaciones, que irán desde ternura hasta ansiedad, porque la realidad es que las historias y vivencias al usar este tipo de tableros son sumamente variadas, investigando un poco es posible que encuentres de todo.

Este libro está hecho no para convencerte de los peligros de la Ouija o de la veracidad de sus historias (aunque ciertamente deberías prestar atención a las advertencias y los consejos que se dan en algunas de ellas), sino para recopilar las historias más misteriosas, curiosas, terroríficas, tiernas, extrañas e incluso graciosas que, a lo largo de los años, se han contado.

No esperes más y asegúrate de estar listo/a para sumergirte en este mar de lo paranormal, pero eso sí, ¡ve con cuidado, nunca sabes qué podrá estar al otro lado del tablero!

1

Orígenes de la tabla Ouija

LA OUIJA a lo largo de los años

Para aquellos curiosos sobre la dimensión paranormal de nuestro mundo al igual que sobre los fantasmas, espíritus, apariciones y *poltergeists* que la acompañan, el tablero de Ouija es visto como una herramienta útil, si no es que premonitoria, para comunicarse con el más allá. Para los más escépticos entre nosotros, la Ouija es un juego simple, una opción de entretenimiento popular para las fiestas de pijamas de adolescentes.

No importa en qué posición te encuentres, o incluso si estás indeciso/a, la tabla Ouija de hoy en día tiene profundas raíces en el espiritismo estadounidense.

Si es que la Ouija es un método verdaderamente capaz de comunicarse con el más allá, depende de ti decidir.

En la década de 1840, una nueva ola de espiritismo comenzaba a ganar popularidad en los Estados Unidos y Europa. Basándose en la creencia de que los espíritus tenían un conocimiento importante que deseaban impartir a los vivos, surgieron iglesias espiritistas por todo el país, dirigidas por médiums, personas con una conexión especial con el más allá.

Nadie sabe exactamente cómo comenzó el espiritismo, pero algunos historiadores creen que después de la Guerra Civil, la gente, en general, se interesó más en la idea de comunicarse con los muertos, ya que muchos habían perdido a sus seres queridos durante los combates.

A mediados del siglo XIX, Kate y Margaret Fox, dos hermanas y médiums que vivían en Nueva York, lograron contactar y comunicarse con el espíritu de un vendedor ambulante muerto. Cuenta la historia que lo hicieron escuchando los golpes que el espíritu hacía en una pared, traduciéndolos a letras del alfabeto.

Las hermanas comenzaron a hacer demostraciones públicas de sus comunicaciones con varios espíritus y se convirtieron instantáneamente en celebridades. A partir de estos humildes comienzos, pronto se desarrolló una explosión de herramientas para comunicarse con el más allá.

"Girar la mesa" fue otro método de llamar a los espíritus que pronto se hizo popular. Un médium se sentaba con un grupo de "asistentes", aquellos que deseaban comunicarse con el mundo espiritual, quienes descansaban los dedos en el borde de una mesa y esperaban. Si lograban establecer una conexión con el mundo espiritual, la mesa comenzaría a moverse, inclinándose y golpeando sus patas contra el suelo. El médium interpretaría entonces los golpes como letras del alfabeto.

Al igual que el método de golpear la pared de las hermanas Fox, esta forma de comunicación era bastante fastidiosa. Como una nueva manera de tratar con los clientes impacientes, algunos médiums simplemente entraban en trance para comunicarse con el más allá, sin embargo, muchos sintieron que esto carecía de autenticidad.

. . .

Otros médiums adoptaron el uso de una *planchette*, un dispositivo en forma de corazón similar al que se ve hoy en la tabla Ouija. Sin embargo, en lugar de usarse como puntero, este artefacto tenía un lápiz adherido al final para que los espíritus pudieran guiar las manos del médium y deletrear un mensaje. Si bien es mucho más accesible y entretenido que el método de golpear, la gente a menudo se quejaba de que los espíritus tenían una letra terrible con el dispositivo.

La búsqueda de una herramienta de comunicación eficaz continuó hasta que, finalmente, aparecieron los primeros 'foros parlantes'. Se desconoce cuándo se inventó el primer tablero parlante; esto se debe a que la mayoría de los tableros parlantes se fabricaron en casa desde cero; sin embargo, en 1886, el *New York Daily Tribune* informó que la gente de Ohio estaba haciendo foros de conversación, siendo Ohio un estado a la vanguardia del movimiento espiritista.

Estos tableros o pizarrones cubrieron todos los elementos básicos necesarios para la comunicación: el alfabeto, los números, las palabras "sí", "no", "buenas tardes" y "buenas noches". De repente, los foros de conversación fueron esta herramienta para comunicarse con el más allá, y su popularidad se disparó.

Aprovechando esta nueva demanda encontrada, en 1891, *Kennard Novelty Company* patentó una versión de un tablero parlante, con la intención de venderlo comercialmente. Lo llamaron el tablero Ouija. Mucha gente cree erróneamente que la palabra 'Ouija' proviene de las palabras francesa y alemana para 'sí' - *'oui'* y *'ja'*, sin embargo, la realidad es que la empresa adoptó la palabra 'Ouija' del antiguo egipcio, que significa 'buena suerte'. Y así nació la tabla Ouija, con un precio de venta de 1,50 dólares la pieza.

Poco después, en 1893, William Fuld se hizo cargo de la tabla Ouija, con la esperanza de venderla al mercado de masas. Ya no era solo la herramienta de los médiums espirituales, la popularidad de la tabla creció a lo largo de los años, pero Fuld siempre fue críptico sobre el funcionamiento de la Ouija: nunca reveló públicamente si y, lo que es más importante, cómo funcionaba realmente.

La Ouija se convirtió en un juego popular para jugar en citas, principalmente porque les daba a las parejas una excusa para sentarse juntas en la oscuridad con las manos tocándose. A pesar de la aparente inocencia del juego, algunas personas, especialmente los médiums, se preocuparon por los poderes secretos del tablero.

· · ·

Con el lanzamiento de la película *El exorcista* en 1973, la popularidad de la tabla Ouija se disparó: en la famosa primera escena, una joven es poseída por el diablo después de jugar sola con un tablero de Ouija. A raíz del éxito de la película, muchos grupos religiosos denunciaron a la tabla como malvada, alegando que era la forma de comunicación preferida de Satanás.

A lo largo de los años, la patente de la tabla de Ouija se ha ido difundiendo, primero comprada por los hermanos Parker y luego por *Hasbro*. A medida que cambiaban los sentimientos de la gente hacia el tablero, también lo hacía la estrategia de marketing de la empresa. El lema de la tabla de Ouija fue una vez "es solo un juego, ¿no?"; ahora dice: "No juegues Ouija si crees que es solo un juego".

Hoy en día, la gente está dividida entre aquellos que creen en el poder de la tabla Ouija como un método de comunicación con los muertos, y aquellos que piensan en él solo como un pasatiempo entretenido. Sin embargo, una y otra vez, los escépticos y los detractores han cambiado su pensamiento una vez que han experimentado el tablero de Ouija; a pesar de creer que los espíritus no pueden comunicarse (o no existen), cambiaron de opinión una vez que lograron escuchar a los espíritus hablar, como siempre lo hacen.

La *planchette* se mueve con tanta frecuencia que los investigadores han estudiado las mentes subconscientes de las personas que utilizan tablas Ouija. La teoría dice que las mentes subconscientes de los jugadores guían los movimientos musculares, lo que da la impresión de que el puntero se mueve por su propia voluntad. Pero incluso los investigadores no creen que el subconsciente explique todos los poderes aparentes de la placa.

Ya sea que la planchette se mueva debido al subconsciente del jugador o desde la conciencia de un espíritu con un mensaje urgente, hay algunas historias de conexiones espirituales a través de Ouija que no pueden explicarse como nada más que experiencias paranormales. El resto de este libro llevará a los lectores a profundizar en algunas de estas experiencias. Siga leyendo y una cosa es segura: nunca más volverá a pensar en Ouija como un juego de niños.

Un poco de historia antes de comenzar

Charles Kennard siempre estuvo atento a la oportunidad de ganar dinero, pero no era el más grande ni el más afortunado hombre de negocios. Parece que tampoco era el tipo más honesto.

Kennard, segundo hijo de un exitoso comerciante de Delaware, se mudó a la costa este de Maryland a fines de la década de 1880 después de desarrollar recetas "secretas" de mezclas de huesos para fertilizantes (para ser justos, todos en el negocio de los fertilizantes reclamaron tener una receta "secreta").

Tras el éxito inicial, su planta de Chestertown fue subastada debido a una combinación de sequías, competencia y deuda, pero no todo estaba perdido. Un inmigrante prusiano llamado E.C. Reiche poseía una oficina junto a la de Kennard, en el primer piso de un hotel de cuatro pisos con estructura de madera, dentro del pequeño distrito comercial de Chestertown. Reiche era un fabricante de muebles que se convirtió en fabricante de ataúdes y posteriormente en un empresario de ceremonias fúnebres (lo que no era una progresión profesional tan atípica en esos días), para quien Kennard tenía un nuevo plan.

Contando con el antecedente de las previamente mencionadas hermanas Fox, fue en el año de 1886, durante el periodo en que Kennard y Reiche compartían un pasillo, que comenzaron a aparecer informes de periódicos sobre un fenómeno de "tablero parlante" que se extendía por Ohio, incluida una historia de *Associated Press* (AP) que se publicó en el *Kent County News* local. También es por esta época, según una historia posterior de *Baltimore American*, que Kennard y Reiche, probablemente inspirados por la cuenta de AP, comenzaron a colaborar y a hacer al menos una docena de sus propios tableros "parlantes".

A la par de fabricar ataúdes, Reiche comenzó a fabricar tableros cuyos prototipos se convirtieron en el tablero de Ouija; sin embargo, Kennard al dejar Chestertown e ir a Baltimore en 1890 (donde continuó en el negocio de los fertilizantes y comenzó otro de bienes raíces) comenzó a presentar lo que él decía que era su invento de tablero parlante a posibles inversores.

Después de numerosos rechazos, Elijah Bond, un abogado local que afirmó que su cuñada era una médium fuerte, finalmente se interesó en el tablero. Muy pronto, *Kennard Novelty Company*, que se incorporó un día antes de Halloween de hace 125 años, comenzó a fabricar tableros Ouija tal como los conocemos hoy.

Bond también tenía razón sobre su cuñada: Helen Peters demostró ser lo suficientemente convincente como para ganarse a una oficina de patentes de Estados Unidos escéptica y proteger el tablero de Kennard.

Ella no solo recibió el crédito por obtener un sello de legitimidad del gobierno federal, certificando que el tablero cumplía con lo prometido, sino también por "recibir" el nombre O-U-I-J-A del propio tablero, que le dijo que la extraña palabra significaba "buena suerte" (en realidad, el nombre "Ouija" estaba escrito en el medallón del collar que Peters llevaba en ese momento).

Entonces, sí, un empresario de ceremonias fúnebres y un oportunista llamado Kennard inventaron el único juego de mesa patentado, considerado un oráculo místico para comunicarse con los espíritus y una diversión sana, que llegó a vender más que Monopoly en un año determinado.

La historia del tablero Ouija, sin embargo, es más que una historia de vendedores de aceite de serpiente que engañan a las masas victorianas o, posteriormente, un juego de diversión inofensiva en un millón de pijamadas de secundaria. Si bien sigue siendo un fenómeno de la cultura pop increíblemente perdurable, vinculada al auge de una película de terror y el complejo industrial paranormal, su saga también trata sobre el deseo universal de encontrar respuestas a las preguntas más importantes de la vida, la historia de la psicología e incluso el desarrollo de neurociencia.

Tal vez no sea sorprendente que haya un lado oscuro (o dos) enterrados en la historia del origen de la Ouija. Siempre hay dinero en juego y, a principios de la década de 1890, ya existían unas 2.000 tablas de Ouija que se vendían a la semana.

William Fuld, quien trabajó e invirtió en *Kennard Novelty Company*, finalmente obtuvo el control del negocio de la Ouija después de que el fundador se retirara demasiado pronto; ganó millones fabricando el tablero en Baltimore y en otros lugares, pero solo después de que su hermano fuera despedido de la empresa: las demandas que siguieron no fueron meras disputas, el hermano de William, Isaac, se molestó tanto que hizo que exhumaran a su hija pequeña y la retiraran de la tumba de la familia Fuld durante la renovación del cementerio. Los dos lados de la familia no hablaron durante 96 años.

Y, trágicamente, William Fuld sufriría un accidente fatal en su fábrica de *Hartford Avenue*, uno que afirmó en una historia del *Baltimore Sun* de 1919 que la Ouija le había dicho que construyera ("prepárate para un gran negocio"). Al supervisar la instalación de una bandera, una barandilla de hierro cedió y William cayó del techo de la estructura, que aún se mantiene en pie y se ha convertido en un complejo de apartamentos para personas mayores.

El informe del forense dice que una costilla rota le atravesó el corazón; en su lecho de muerte, hizo que sus hijos prometieran nunca vender la Ouija, para que nunca saliera de la familia. Por supuesto, la familia de Fuld eventualmente vendió (después de 4 décadas) a *Parker Brothers*, que rápidamente trasladaron la idea de la Ouija a su base de operaciones en Salem, MA. En 1967, el primer año que tuvo su sede en la ciudad reconocida por sus juicios de brujas, el negocio vendió dos millones de tablas.

En comparación, Monopoly, una de las primeras versiones que se inventó en 1903, no fue popular hasta la Gran Depresión, cuando cumplió una función de escapismo de fantasía. La Ouija, por otro lado, fue una sensación desde el principio, mucho antes incluso de sus primeras apariciones en películas, que se remontan a los inicios de Hollywood.

Pero la imagen pública de Ouija siempre ha sido complicada. Inicialmente, el "oráculo misterioso" se comercializó como un juego para animar una fiesta o alentar un poco de intimidad alegre para parejas románticas (o aspirantes a románticas). Menos conocido es el uso de la tabla Ouija como inspiración o como herramienta de escritura "automática" por novelistas y poetas aclamados.

· · ·

Con el tiempo, la relativa inocencia del tablero Ouija, o al menos su relación no partidista entre el bien y el mal, dio paso a una reputación más siniestra a medida que Hollywood comenzó a utilizarlo para propósitos más oscuros. Después de *El exorcista*, el estado de ocultismo del tablero fue cimentado. Desde entonces, ha aparecido en más de 20 películas e hizo innumerables apariciones en el número cada vez mayor de programas de televisión de temática paranormal y los foros sobre los fenómenos asociados con la Ouija que pueblan Internet, por supuesto.

2

Nunca uses una tabla de Ouija solo/a

MUCHOS PIENSAN que la película de 1973 (*El exorcista*) fue la película más aterradora de todos los tiempos. Si la has visto, recordará el principio, cuando una niña comete un terrible error: jugar sola con una tabla Ouija. Ella termina poseída por el diablo y aterroriza a todos los que la rodean. La película ha permanecido en la memoria de la mayoría de nosotros, tanto es así que 'nunca uses una tabla Ouija solo/a' se ha convertido en la regla número uno para contactar a los espíritus. Si no la sigues, pueden suceder cosas horribles.

No fue el gato

. . .

La tabla Ouija de Kayla era casera, ya que ella mantuvo su curiosidad en total secreto para sus padres. Su madre les había hecho jurar nunca acercarse a una Ouija, ya que tuvo una mala experiencia con un tablero cuando era niña, pero nunca entró en detalles sobre lo que realmente sucedió. Como sus padres no podían saberlo, Kayla decidió jugar sola.

Ella conocía la primera regla de la Ouija, pero pensó que no era gran cosa. Trató de llamar a los espíritus de su habitación una noche y nadie respondió a sus preguntas.

Aun así, insistió, porque estaba segura de que había un espíritu en la habitación. Tan pronto como puso las manos sobre el tablero, el aire se espesó y la habitación se enfrió. A pesar de los escalofríos que recorrían la columna vertebral de Kayla, el puntero nunca se movió.

Más tarde esa noche, después de renunciar a intentar utilizar la Ouija, Kayla estaba acostada en la cama cuando escuchó un fuerte golpe en el techo. Segundos después, su padre abrió la puerta de su habitación: *"¿escuchaste algo?"* preguntó; *"creo que sí..."*, respondió ella, *"¿quizás el gato?"*. Plunk, plunk, plunk. El sonido regresó, y definitivamente no era el gato.

Sonaba como pasos pesados, como un hombre enojado pisando fuerte por el techo.

Asustada, Kayla corrió escaleras abajo, con su padre poco después detrás de ella. *"¡Mamá!"* dijo, entrando a la sala de estar, *"¡hay alguien en el techo!"*. El padre de Kayla corrió a la trastienda y salió con una escopeta, procedió a salir de la casa; la niña y la mamá lo escucharon trepar al techo, sintiéndose extremadamente tensas por el miedo. Unos minutos más tarde, el padre de Kayla volvió a entrar: *"quienquiera que fuera, se escapó..."* dijo, sacudiendo la cabeza - *"vi una sombra saltar desde el techo y desaparecer en el bosque"*.

Kayla aún tenía miedo, pero no se atrevía a decirles a sus padres que había usado una tabla de Ouija sola en su casa. Así que, en cambio, subió las escaleras y cerró la puerta de su dormitorio, cruzó la habitación y cerró la ventana, sintiéndose sacudida. Luego sacó la tabla Ouija de debajo de su cama, la dobló por la mitad con el puntero adentro y le puso un clip para que no se pudiera abrir. Una solución endeble, pero, ¿qué más podía hacer?

Volvió a meterse en la cama y apagó la luz.

. . .

Se quedó despierta, incapaz de dormir, pensando en el hombre del techo y preguntándose de dónde había venido… entonces, un nuevo sonido cruzó su habitación.

Un gruñido. Kayla se incorporó en la cama, una vez más, pensó que el gato podría haber sido el responsable del sonido, así que se levantó y miró alrededor de la habitación, pero para su consternación, el gato de la familia no estaba por ningún lado. Cansada, volvió a meterse en la cama, apagó las luces y cerró los ojos.

En el momento en que cerró los ojos, el gruñido volvió a sonar, esta vez más fuerte, más poderoso y más cercano. Asustada, Kayla encendió las luces y las dejó encendidas. Después de un largo tiempo sentada en silencio, comenzó a quedarse dormida lentamente. Desde ese día, su casa ha estado plagada de extraños y amenazantes sonidos, que todos escuchan.

Kayla empezó a creer que un demonio vivía en su casa. Peor aún, sabía exactamente cómo llegó allí, a través del tablero Ouija. Incluso con toda la confusión y el miedo que causaron los sonidos, Kayla nunca pudo decirles a sus padres lo que había invitado a su casa.

. . .

Lo hicimos enojar

Lily y su familia llegaron al pueblo de Tina cuando ella cursaba la escuela secundaria. Lily era una chica rubia que parecía sumamente dulce y educada; Tina y sus amigos la quisieron inmediatamente, y la dejaron unirse a su pequeño escuadrón de camaradas de inmediato, para ayudarla a integrarse en la escuela y sentirse a gusto con todos los cambios por los que estaba pasando.

La chica nueva era misteriosa pero dulce y divertida, así que se llevaban muy bien. Sin embargo, pasó el tiempo y Tina comenzó a notar que algo andaba mal con Lily, ya que a menudo pasaba tiempo sola y solía tener una mirada oscura que a veces asustaba. De igual manera, nadie sabía nada de su pasado, nadie sabía exactamente de dónde había venido y nunca vieron a ninguno de los miembros de la familia que afirmaba tener.

A medida que el grupo de amigos se hizo más cercano con Lily, ella comenzó a contarles a Tina y al resto del grupo algunas historias de miedo, hablaba sobre ella comunicándose con figuras de sombras, sobre sueños que tenía en donde conocía al diablo, sobre su familia siendo perseguida por un fantasma y algunas otras cosas raras que parecía demasiado inusuales para niños de su edad.

Un día, Lily invitó a todo el grupo a su casa. Cuando los chicos llegaron, se sorprendieron de ver que la casa estaba prácticamente vacía, a pesar de que ella y su familia habían estado viviendo allí durante ya bastante tiempo. Mientras todos estaban ahí, Tina tuvo la extraña sensación de que no estaban solos en la casa.

Tina trató fuertemente de no recordar las historias que Lily les contó acerca de su casa que estaba embrujada, y trató también de ser fuerte porque no quería parecer una cobarde frente a sus amigos. Todos estaban jugando y comiendo palomitas de maíz cuando Lily decidió crear una tabla de Ouija rudimentaria, ya que quería hablar con su abuela que había fallecido.

Tina no estaba convencida, por lo que decidió solo mirar y se mantuvo alejada del tablero. Mientras los demás preparaban todo para la sesión, Lily comenzó a mirar por encima de una esquina de su habitación, y con una mirada malvada y una sonrisa dijo: *"él está aquí"*.

. . .

Tina se asustó mucho, al igual que sus amigos, y todos salieron corriendo de la casa, llamando a los padres de cada uno para que les recogieran.

Al día siguiente, Lily llegó a la escuela y con mucho resentimiento les dijo que "lo habían hecho enojar" y que después de que todos se fueron, ella jugaba sola con la tabla Ouija cuando de repente todas las ventanas de su casa explotaron fuertemente. Todos se burlaron de la chica porque su historia les parecía una gran mentira.

Lilly seguía insistiendo en que estaba diciendo la verdad y que las cosas le iban de mal en peor porque los demás no querían jugar a la Ouija con ella. Más tarde ese mismo día, su mamá fue a buscarla a la escuela temprano, ¿y adivinen qué? Después de eso nunca más la volvieron a ver. Ella y su familia desaparecieron por completo, incluso los directivos de la escuela estaban bastante sorprendidos.

Entonces, Tina y sus padres decidieron ir a revisar su casa para ver si todavía estaban allí, pero lo único que encontraron fue que todos los vidrios de las ventanas, efectivamente, estaban rotos, como si hubieran explotado.

· · ·

¿Qué creía Tina que pasó? Pensó que Lily estaba tan acostumbrada a jugar sola con el tablero Ouija, que ya estaba conectada con una entidad, la que vio esa vez que todos estaban con ella en casa. Probablemente su familia ya lo sabía y tal vez no era la primera vez que les pasaba algo parecido, por lo que se vieron obligados a salir de otra casa nuevamente.

Algunos años después, algunos viejos amigos de Tina, que también eran amigos de Lily, decidieron buscarla en línea a través de diferentes redes sociales, pero no encontraron nada. Era como si la chica nunca hubiera existido. Nadie sabe qué le pasó, ni si continuó contactando entidades a través del tablero Ouija, y cómo esto cambió su vida porque definitivamente cambió la mía.

Invitados inesperados

———————————————

LA MAYORÍA de las personas que intentan usar una tabla Ouija para ponerse en contacto con el mundo espiritual lo hacen en casa, pocos se dan cuenta de que al hacerlo pueden invitar a huéspedes no deseados a su hogar. Algunos espíritus son observadores gentiles e inofensivos que no hacen más que ponerte la piel de gallina cuando te das cuenta de que están allí. Desafortunadamente, otros intentan aprovechar tu hospitalidad. Aquí hay algunos invitados inesperados que las personas llamaron a sus hogares con la ayuda de una tabla de Ouija.

Nunca más

· · ·

La noche de Halloween de 1968, después de pedir dulces, Crystal pensó que sería divertido llevar una tabla Ouija a la casa de su amiga Nancy para que la probaran. El tablero le dio escalofríos a Nancy ya que su madre era psíquica y sabía mucho sobre el ocultismo. Ella pensó que la tabla Ouija era peligrosa y les dijo a las chicas que tuvieran cuidado.

Nancy nunca había jugado antes, así que Crystal le enseñó cómo funcionaba. Comenzó haciendo preguntas tontas a la pizarra, y las chicas comenzaron a recibir respuestas tontas apropiadas: *"¿qué era yo en otra vida?"* preguntó Crystal - *"¡eras una aguja en el ojo de Dios!"* respondió la junta. Crystal juró que no estaba moviendo el puntero, pero la pizarra deletreó sus respuestas con tanta facilidad que Nancy estaba convencida de que debía estarlo haciendo.

Cuando fue el turno de Nancy de hablar con el espíritu, decidió preguntar lo mismo. - *"¿Qué era yo en otra vida?"* - *"Eras un clavo en la mano de Dios"* - Nancy comenzaba a aburrirse con estas preguntas y decidió probar algo diferente: *"¿qué chicos me gustan?"* La junta respondió *"vete al infierno"*.

. . .

Crystal pensó que esto era divertido y preguntó: *"Está bien, ¿con quién me casaré?"*, la pizarra decía *"te casarás con el diablo"*. Nancy preguntó: *"¿hay un espíritu en nuestra casa ahora?"* y entonces, las chicas se sorprendieron al ver que el puntero volaba rápidamente a través del tablero, *"A-Q-U-Í-E-S-T-A-M-O-S"*. Les tomó un momento comprender lo que decía.

"¿Cuáles son los nombres de los espíritus de la casa?" preguntaron las chicas. La pizarra deletreaba nombres, pero las chicas no los entendían. *"¿De dónde vienes?"* – intentó Nancy, acto seguido el puntero deletreaba: *"Infierno. A donde vas tú"*. Las niñas soltaron un grito, lo que hizo que la madre de Nancy entrara corriendo a la habitación.

Su madre tenía un mal presentimiento y les pidió que dejaran de usar la pizarra. Rápidamente, Crystal hizo otra pregunta y el puntero comenzó a girar sobre el tablero; la mamá de Nancy tomó un bolígrafo y papel y comenzó a escribir cada letra a medida que se leía: *"Estamos aquí y no nos iremos"*. Luego, la pizarra comenzó a deletrear una serie de malas palabras, seguidas de un mensaje que hizo que las manos de las niñas volaran con el puntero.

. . .

"¡Quítenle las manos de encima ahora!" gritó la mamá de Nancy. Todas estaban asustadas y la habitación se llenó de un aire frío. La madre de Nancy tenía una mirada aterrorizada en el rostro mientras digería la noticia de que los espíritus no se iban a ir. De la nada, un fuerte sonido comenzó a golpear las escaleras que conducían al sótano.

Bonnie, la hermana pequeña de Nancy, llegó volando al lugar donde estaban las demás; una mirada a su rostro mostraba fácilmente que estaba asustada. Al borde de las lágrimas, corrió hacia su madre, sin aliento. *"¡Algo me tocó allá abajo! Algo me dio una palmada en la espalda. ¡No hay nadie ahí abajo, mamá, y algo me dio una palmada en la espalda!"* Su madre jadeó cuando levantó la parte de atrás de la camisa de Bonnie y encontró marcas rojas en ella. *"Y escuché una voz decir algo"*, dijo Bonnie, ahora llorando libremente. *"¿Qué dijo, Bonnie?"*, preguntó su mamá con falsa calma - *"Decía: '¡Odias a tu madre!'"*

"¡Es suficiente!", dijo su madre, *"no va a pasar nada, ¡pero esto es suficiente! Crystal, pon esa cosa en la mesa de café y no te olvides de llevártela a casa más tarde. Ustedes tres tomen unos minutos para refrescarse y simplemente jugar. Todo va a estar bien, solo vayan a jugar"*. Crystal puso la tabla Ouija sobre la mesa y las tres chicas empezaron a caminar fuera de la cocina.

· · ·

Justo cuando Nancy estaba en la puerta, vio algo por el rabillo del ojo: voló a través de la sala de estar, hacia la cocina, pasó volando junto a su madre y luego se estrelló contra la pared. *"¡¿Qué diablos fue eso?!"* - gritó su mamá. Miró debajo de la mesa junto al tablero de Ouija y encontró algo sorprendente: su cámara, que ahora estaba rota.

Todas estaban desconcertadas por cómo pudo haber sucedido esto. La cámara (que estaba guardada) tenía película, así que su mamá decidió que la llevaría a la farmacia para que la revelaran al día siguiente. Ya se habían divertido lo suficiente por la noche, así que Crystal tomó su tabla Ouija y fue a casa.

Una semana después, la película estaba lista, así que la mamá de Nancy fue a la farmacia y la recogió. Todas las fotos eran de una figura oscura y nebulosa que parecía estar sentada en un caballo humeante. Se veía muy extraño. Después de mostrar las fotos a las niñas, la mamá de Nancy dijo *"nunca más tendremos una tabla Ouija en este casa."*

Cuatro en la habitación

. . .

Dos amigas encontraron una tabla Ouija en una librería en el centro de Orlando y decidieron comprarla y probarla. Las dos niñas, Marta y Jenny, se llevaron la tabla a la casa de Marta y lograron contactar con un espíritu, al que le hicieron muchas preguntas sobre su pasado, pero luego decidieron cambiar de tema y le preguntaron cuántas personas había en la sala.

El espíritu respondió que eran cuatro. Esto fue extraño, porque solo las dos chicas y el espíritu parecían estar presentes, entonces, ¿quién era la cuarta persona desconocida? Ambas chicas pensaron que era solo la otra tratando de hacer una broma. Quitaron las manos del puntero y, justo cuando lo hicieron, comenzó a moverse por sí solo, deletreando la palabra C-E-R-R-A-R.

Decidieron que eso significaba que debían cerrar el tablero, y así lo hicieron, pero primero, decidieron decir cinco oraciones, pidiendo a Dios que bendijera la casa. Unos días después, Marta decidió contarle a su mamá lo que había pasado con la tabla Ouija y para su sorpresa, su mamá (realmente molesta) le pidió a Marta que nunca más usara la pizarra. Aparentemente, su familia tenía una mala historia con las tablas espirituales. La madre de Marta le contó la historia.

· · ·

La abuela de Marta había usado un tablero espiritual cuando tenía 20 años. Realmente disfrutaba usándolo y constantemente consultaba a los espíritus en busca de consejos, haciendo preguntas y tratando de obtener información sobre el mundo del más allá. Le gustó tanto que se perdió en el tablero espiritual. Empezó a ver cosas que no podía explicar: los objetos se movían por toda la casa y sentía una especie de presencia siempre dentro de ella.

La familia decidió llamar a un sacerdote para que la exorcizara de cualquier espíritu que pudiera tener. Funcionó, y la abuela de Marta nunca volvió a jugar con el tablero espiritual. La madre de Marta había escuchado esta historia de su propia madre, pero nunca la creyó realmente hasta que ella misma comenzó a jugar con una tabla Ouija: también tenía veintitantos años cuando un amigo suya decidió que deberían jugar juntos con una tabla y se divirtieron mucho, a veces haciendo bromas y moviendo la *planchette* alrededor de ellos.

Una vez, sin embargo, se pusieron en contacto con un espíritu que parecía muy interesado en su madre. Empezó a hacerle todo tipo de preguntas sobre su madre, la abuela de Marta: ¿dónde estaba ella?, ¿por qué ya no jugaba?

· · ·

La madre de Marta se asustó un poco al recordar la historia que le había contado su madre. Entonces ella y su amigo cerraron la pizarra con algunas oraciones.

Sin embargo, su amigo estaba celoso de que la madre de Marta hubiera logrado contactar con un espíritu tan activo, y siguió jugando con la tabla. Entonces empezaron a suceder cosas extrañas: los objetos empezaron a moverse por la casa y el espíritu parecía enojado y agitado. Llamó a la madre de Marta para que le ayudara, y llamaron a un sacerdote para que tomara la tabla y la desechara. Ninguno de los dos volvieron a jugar nunca.

Marta, como su madre antes que ella, no creyó las historias. Ella y su amiga Jenny siguieron jugando y siempre fueron contactadas por el mismo espíritu, el bueno que les había dicho antes que cerraran el tablero. Cada vez que contactaban al espíritu, le preguntaban cuántas personas había en la habitación y él siempre decía tres, así que le pidieron que les advirtiera si alguna vez entraba otro espíritu, y él dijo que lo haría.

Una vez, mientras se comunicaban, el puntero comenzó a girar, diciéndoles que cerraran el tablero, deletreando las palabras M-A-L, M-A-L-O, 4-E-N-L-A-H-A-B-I-T-A-C-

I-Ó-N. Su curiosidad se apoderó de ellas, y las chicas decidieron intentar contactar a la cuarta persona: *"¿quién es usted?"* preguntaron. "Y-O-S-O-Y", fue la respuesta. *"¿Eres bueno o malo?"* - El espíritu no respondió.

Decidieron volver a ponerse en contacto con el buen espíritu, pero el nuevo visitante no lo dejó hablar. A cada pregunta que hacían, seguían leyendo "N-O". Justo cuando las niñas comenzaban a enojarse por la fuerza del espíritu, él comenzó a hacer preguntas sobre Marta, diciendo que sentía que la conocía de alguna parte. Marta se apartó de la tabla de un salto, sorprendida; ella sabía quién era este espíritu.

Corrió llorando a la oficina de su madre, disculpándose por no creerle nunca. Su madre sabía exactamente lo que había sucedido, tomó la tabla de Ouija de las niñas y la puso en la sala de estar. Jenny no tenía idea de lo que estaba pasando. La mamá de Marta fue a buscar la Biblia y fue entonces cuando el puntero comenzó a moverse por sí solo, deletreaba: *"ahora sé quién eres"*.

La mamá de Marta regresó. *"¡Detente, te ordeno que pares!"*, gritó, y después se sentó frente a la mesa, mientras las chicas se sentaron aterrorizadas en el fondo.

La madre no quería que el espíritu se adhiriera a ninguna de las chicas, y comenzó a recitar oraciones, tratando de apartar al espíritu. *"Hazme lo que quieras, pero no a mi hija. No a mi hija. No la vas a tocar."*

Ella pidió a Dios que limpiara la casa y fue entonces cuando las cosas se volvieron locas, los objetos comenzaron a volar y pudieron escuchar un sonido extraño, como si alguien estuviera respirando con dificultad en la habitación. Entonces, Marta sintió que alguien le abofeteaba. La mamá de Marta se puso furiosa, colocó la Biblia directamente sobre la pizarra y continuó orando a Dios, Marta se unió a ella y también Jenny.

Todo comenzó a calmarse a medida que sus oraciones las fortalecían. Después de un minuto, todo el caos terminó, la energía en la habitación se sintió positiva. Una vez más, el puntero se movió por sí solo, deletreaba C-E-R-R-A-R. Inmediatamente las chicas supieron quién era: el buen espíritu. La madre de Marta cerró con cuidado el tablero, se los quitó y las niñas no volvieron a verlo.

Lauren

.   .   .

Durante el otoño de inicios de los años 90, Sean tenía 12 años cuando esta historia sucedió. Era una noche normal y húmeda en la pequeña ciudad de Meraux, LA. La calle en la que Sean vivía estaba muy bien iluminada, tenía varias farolas a lo largo de todo el camino, lo que le facilitaba a todos los niños del área el jugar al escondite, ya que la calle era lo suficientemente oscura en las áreas sin iluminación como para esconderse, pero había mucha luz para poder ver a alguien dirigiéndose directamente a la "base".

Los niños ya habían visto un tablero de Ouija muchas veces antes. A la hermana de uno de los amigos de Sean (Joey), que era aproximadamente 8 años mayor que los niños, le gustaba jugar en el tablero y contactar a espíritus. Un día, la chica apareció con un nuevo tablero.

Este nuevo artefacto en particular, no era el tablero de cualquier marca que se podía comprar en cualquier supermercado o tienda de autoservicio de la zona. Esta nueva Ouija, que la hermana obtuvo de su tía, a quien le gustaba el voodoo por "diversión", era un tablero comprado en una tienda desconocida en el área del mercado francés del centro de New Rawlins, que era bien conocida por sus conexiones con las artes oscuras.

· · ·

Los niños se sentían sumamente interesados en el nuevo tablero, pero también se sentían bastante escépticos de que en realidad se pudiera "hablar con los muertos" con él. Todos se decían a sí mismos y a los demás que era la chica quien realmente la que movía el puntero a las letras.

En realidad, Sean nunca había tocado la tabla o el puntero antes, ni tenía ningún interés real en hacerlo porque, aunque no pensaba que fuera real, ¿quién quiere ser el que se equivoca en ese tipo de cosas? Después de todo, había muchas películas de terror que involucraban brujería y artes oscuras que le generaron suficiente cautela antes de hacer contacto con cualquier cosa relacionada con misterios y espíritus. Sin embargo, eso no le impidió al menos mirar cuando se estrenara el nuevo tablero. Además, si las cosas se volvían demasiado espeluznantes, siempre podía alejarse.

Sin embargo, ahí estaba la tabla, en todo su macabro esplendor, apoyada sobre una caja de cartón que Joey sacó para que todos pudieran reunirse a ver si su hermana realmente estaba fingiendo o no. Ciertamente, algo parecía fuera de lugar cuando se instaló la tabla con la *planchette*, pero ninguno de los niños presentes tenía más de 14 años, así que ¿qué era lo peor que podía pasar?

· · ·

Entonces, la prima de Joey juró que vio al puntero moverse después de que él lo colocó sobre la tabla, a pesar de que nadie la tocaba. *"Alguien golpeó la caja y la sacudió... - ¡Deja de inventar cosas!"*...Poco sabían de lo que iba a pasar esa noche.

Todos se sentaron ahí mirando la tabla y el puntero. El único que la había tocado hasta ahora había sido Joey, y eso fue solo para colocarla en la caja debajo de una de las farolas. Nadie realmente quería tocar, pero tampoco podían acobardarse con eso, así que decidieron usar un juego de conteo para determinar quiénes serían los primeros 2 en tocar la *planchette*.

Sean se aseguró de dirigir el juego de conteo porque ciertamente no quería tocar la tabla, y aprovechó que era bastante bueno asegurándose de que siempre lo contaran.

Finalmente, solo quedaron 2 de los 8 niños que estaban alrededor de la Ouija: Joey, que en realidad se ofreció como voluntario, y Jaime, que de repente se sintió muy temeroso ante la idea de seguir adelante con el experimento.

. . .

A pesar del temor de Jaime, continuaron, colocando ambas manos sobre el puntero exactamente como habían visto hacer a la hermana de Joey varias veces antes.

Durante lo que parecieron varios minutos, pero en realidad probablemente solo fueron 30 segundos, no pasó nada. Sean entonces aseguró que sabía que el tablero era falso y se volteó hacia Joey para decir *"tu hermana lo mueve ella misma"*.

En ese momento, la *planchette* comenzó a moverse en un infame bucle infinito alrededor del tablero. Todos retrocedieron unos pocos centímetros, soltando expresiones de curiosidad y asombro; por supuesto, comenzaron a bromear con Joey por moverlo, pero el niño juró que no era él.

La siguiente cosa obvia fue que Jaime lo estaba moviendo, pero él definitivamente se estaba asustando bastante por lo sucedido. Su rostro se había puesto ligeramente pálido y Sean realmente pensó que podría haber algo mal con el pequeño.

. . .

Después de otro minuto, otro de los niños en el grupo sugirió el hacer algunas preguntas al "espíritu". Entonces, la ronda normal de preguntas de "Sí o No" comenzó, con el "espíritu" respondiéndolas rápidamente a través del puntero, deteniéndose en la respuesta requerida y luego comenzando de nuevo a trazar un bucle infinito.

Todo esto continuó durante unos 5 minutos, los niños se dedicaron solo a hacer preguntas simples, de las cuales aprendieron que este espíritu tenía 16 años y se había ahogado en el río Mississippi, que estaba a solo 12 cuadras de donde Sean y sus amigos vivían. De repente, Sean decidió preguntar cuál era el nombre del espíritu. La *planchette* deletreó el nombre "L-A-U-R-E-N".

En este punto, ahora sabían que el "espíritu" era una niña y, como dice el refrán "hay uno en cada multitud", otro niño dentro del grupo (Ryan) se atrevió a preguntar si ella era bonita. Todo el grupo comenzó a reír mucho, pero sus sonrisas se desvanecieron rápidamente cuando la *planchette* se detuvo en "NO" y luego procedió a deletrear "F-R-Í-O" antes de comenzar su bucle infinito de nuevo.

En ese momento, un leve escalofrío pareció atravesar el lugar donde todos estaban reunidos, debajo de la farola.

Esa sensación de frío no era como la frialdad que cualquiera ha experimentado alguna vez en su vida, ni como un viento de invierno que soplaba, ni como la sensación de frío de abrir un congelador... Este escalofrío se sentía en realidad como si el aire de repente hubiese muerto también.

Todos allí se quedaron esperando un momento, que de hecho les pareció una eternidad, antes de que otra chica le preguntara al "espíritu" si estaba ahí con todos ellos. Cuando el puntero se detuvo en el "SÍ", Jaime soltó sus manos y dejó a Joey sosteniéndolo, pero el puntero no dejaba de moverse, seguía volviendo a su ahora fascinante bucle, esperando la siguiente pregunta... o algo más.

Jaime no pudo soportarlo más y decidió que quería irse a casa. Varios de los chicos vivían sobre esa calle, así que les habría resultado fácil caminar, pero 3 de los niños vivían en otra calle y tendrían que regresar en bicicleta durante un largo, largo trecho si querían volver a sus casas.

Jaime empezó a caminar hacia su casa, pero otra chica lo detuvo. *"Vamos a ver hasta que esté terminado"*, dijo, pero Jaime ya no quería ser parte de lo que estaba pasando.

Sin embargo, Ryan, que tenía 14 años, lo convenció de quedarse y así sucedió.

Volviendo al tablero, todos se reagruparon mientras Joey continuaba sentado allí con el puntero girando y girando de una manera vertiginosa. Al parecer, cuando Jaime intentó irse, agitó al espíritu y la *planchette* comenzó a girar más rápido. Las cosas se estaban poniendo increíblemente tensas y Sean sentía que algo malo iba a pasar eventualmente.

Ryan todavía estaba completamente escéptico de todo y decidió tentar más a "Lauren", pensó que sería divertido hacer preguntas sexuales que hicieron que la *planchette* comenzara a girar un poco más rápido cada vez.

Joey le dijo a Ryan que dejara de ser estúpido, porque sentía que el puntero incluso podría llegar a perforar la tabla si seguía yendo más rápido, pero Ryan respondió diciendo que sabía que Joey era el que movía el "puntero estúpido" en primer lugar y que no le importaba un "espíritu idiota". Luego le gritó a la pizarra y dijo: *"¡Si realmente estás aquí, muéstrate!"*

· · ·

Después de que Ryan le gritó al tablero, "Lauren" decidió mostrarles a todos que "ella" realmente estaba ahí con ellos. Ese mismo frío que había penetrado profundamente en sus seres antes, regresó, pero eso no fue lo único: mientras los chicos estaban sentados bajo la farola, contemplando el frío penetrante, todas las demás luces de la calle se apagaron al mismo tiempo.

Todos se miraron el uno al otro durante una fracción de segundo antes de que la completa comprensión de lo que acababa de ocurrir les golpeara como un puñetazo en la cara, y luego todos salieron corriendo. Sean escuchó a las chicas gritar, pero nunca miró hacia atrás para buscarlas; también se dio cuenta de que algunos de los chicos gritaban, pero tampoco se detuvo a mirarlos. Solo esperaba entrar en la seguridad de su propia casa.

Sean nunca había entrado corriendo a casa tan rápido como esa noche. Sentía que probablemente fue una de las cosas más tontas que había hecho en la vida, pero la locura de lo que ocurrió lo requirió. No miró hacia atrás para ver si alguien más se quedaba, ni realizó la acción caballerosa de asegurarse de que las chicas llegaran a salvo a sus casas; simplemente obtuvo la visión más tunelizada que jamás hubiera tenido y solo pensó en llegar a su casa, su habitación, su cama, y eso fue todo.

Al día siguiente, Sean supo que nadie se quedó, todos corrieron, incluso Ryan. Joey dejó el tablero de Ouija en la farola y allí permaneció durante toda la noche hasta la mañana siguiente. La Ouija estaba en el suelo junto a la caja sobre la que se acomodó la tabla, Joey dijo que la soltó cuando corrió y no sabía qué le pasó.

Jaime y otra chica que se quedó en su casa esa noche ni siquiera durmieron, así que no la vieron hasta más tarde del siguiente día. Cuando llegó el momento de encender las farolas, se encendieron todas como de costumbre, así que el grupo decidió que si simplemente no hablaba de eso, podrían olvidar que alguna vez sucedió y continuar... pero no, el recuerdo se quedó con los demás al igual que con Sean, Joey y Jaime.

Todos recibieron un buen regaño de la hermana de Joey, quien les dijo que no deberían haber usado la Ouija sin ella, que eran demasiado jóvenes y demasiado débiles para tratar con los "espíritus". Si un espíritu mayor y más fuerte hubiera venido a ellos en lugar de una niña, podrían haber resultado seriamente lastimados. Sin embargo, Sean no dejó que este suceso le afectara y a partir de ese momento comenzó a bromear constantemente: *"¿qué tiene 2 pulgares y nunca más se acercará a otra Ouija? ¡Este chico de aquí!"*

Desde que tenías ocho

Fue a finales de los 70 cuando Emma y su mejor amiga, Joan, decidieron probar una tabla Ouija que resultó ser una de las cosas que el padre de su madre (su abuelo) había dejado atrás cuando falleció.

El abuelo de Joan no fue un hombre muy agradable en vida, ella le contaba a Emma todas las cosas que su madre le había dicho sobre él: básicamente, había hecho de la vida de sus hijos y de su esposa un infierno en la Tierra y la madre de Joan se casó para lograr escapar de casa.

Una noche, Joan le habló a Emma por teléfono, contándole sobre la tabla de Ouija; el interés de Emma se despertó instantáneamente. *"¿Quieres probarla?"* preguntó por teléfono - *"sí, ¡iré enseguida!",* respondió Emma.

En ese momento, Emma no tenía licencia de conducir. Ambas vivían en una pequeña ciudad de alrededor de 700 habitantes, así que salir a pie rumbo a su casa no era gran cosa, aunque Emma vivía al otro lado de la ciudad.

Emma se sentía tan ansiosa por comenzar la sesión con el tablero de Ouija que logró llegar en un tiempo récord.

Una vez que llegó a casa de Joan y ella la hizo pasar, sacó con cuidado la caja que contenía la tabla Ouija del armario del vestíbulo. Emma la siguió a su habitación, donde comenzarían la sesión con esta reliquia que, para ellas, estaba impregnada de delicioso misterio y aún mejor: ¡completamente prohibida!

No solo estaban haciendo alarde de su rebelión y la manera en la que estaban desobedeciendo a sus padres, sino que estaban cruzando un umbral hacia un abismo oscuro y sobrenatural.

Joan sacó la tabla de la caja y la colocó en una plataforma baja en el suelo; Emma ocupó su lugar a un lado y ella en el otro. Ambas muchachas inhalaron al unísono mientras sus ojos se encontraron a través de la minúscula distancia, ninguna de las dos tenía el más mínimo atisbo de vacilación o duda. *"¡Hagámoslo!"* se anunciaron la una a la otra en una especie de silencio telepático.

· · ·

"¿Qué pedimos?" dijo Emma. Ni siquiera lo habían considerado. Se hizo un breve momento de silencio mientras reflexionaban, y luego Joan indicó que tenía una idea, y que colocaran las manos en la *planchette*. Lo hicieron con una reverencia natural por las cosas desconocidas, y entonces Joan se aclaró la garganta.

"¿De dónde eres?", gritó. Al principio, nada sucedió, únicamente silencio. Se miraron la una a la otra con el ceño fruncido. Joan repitió su pregunta. Esta vez el puntero se movió, pareciendo deslizarse por la tabla por su propia cuenta; las chicas volvieron a mirarse con el ceño fruncido, cuestionando de repente la honestidad de la otra.

"¿Estás haciendo eso?" preguntó Joan. *"¡No!"* contestó Emma, irritada. La noche se deslizaba por la habitación como una profunda sombra. El sonido del puntero al comenzar a abrirse paso hacia una sola letra fue casi sedoso. Entonces se detuvo. Ambas tomaron nota de lo que deletreaba mientras se dirigía rápidamente a otra letra.

"A-Q-U-Í", deletreó finalmente. Emma sintió un escalofrío, pero Joan no estaba convencida, estaba segura de que su amiga era la fuerza impulsora que movía el puntero, a lo que Emma se indignó.

"Pregúntale otra cosa", Joan casi exigió. Emma se mordió el labio y estudió el tablero: en todos sus 15 años en la Tierra, esto se estaba volviendo lo más parecido a una película de terror que podría experimentar. Tenía que hacerlo bien.

"¿Estás apegado a mí o a Joan?" preguntó, sonriendo. Joan jadeó, con los ojos muy abiertos. Las amigas se quedaron calladas, se inclinaron sobre la tabla y volvieron a colocar las manos muy suavemente sobre la plancha… Que deletreaba el nombre de Emma. Esta vez la chica se convirtió en la incrédula.

"Basta", le gruñó a Joan. *"¡No soy yo!"*, protestó ella.

Habían encendido una vela y solo la suave luz ámbar de una pequeña lámpara en la mesita de noche de Joan acompañaba su diminuta llama, la velada se había hecho más profunda. Las chicas se miraron a través del tablero de Ouija.

. . .

Emma tomó nota de sus rasgos faciales en la sombra ahora, lo que se agregó a lo que ella comenzó a sentir que fue el desarrollo de su propia película de terror personal.

Inocentemente… siguieron adelante. *"¿Cuánto tiempo llevas con ella?"*, preguntó Joan. Emma sintió que su corazón latía contra sus costillas; no estaba segura de querer saberlo, pero tampoco estaba segura de que Joan no le estuviera tomando el pelo. Sabía absolutamente que no era ella quien guiaba la plancha, tenía que ser su amiga.

Esta vez, la *planchette* decía "desde que tenías ocho", como si le hablara a Emma directamente. *"Esto no es gracioso"*, dijo, y Joan insistió en que ella no era la que lo deletreaba todo; incluso, estaba profundamente convencida de que era Emma quien estaba haciendo una broma: *"pregúntale otra cosa"*, exigió. Emma sabía perfectamente lo que quería preguntar, así que lo dijo en voz alta - *"¿Qué quieres de mí?"*

El puntero se detuvo. Ambas tenían las manos en él a la ligera, esperando. Hizo un par de salidas en falso, pero luego comenzó su viaje confiado en todos los ámbitos para deletrear la respuesta. Cuando su respuesta se hizo evidente, ambas se horrorizaron.

"Quiero poseerte", fue su respuesta. Emma, enojada, soltó el puntero y se alejó rápidamente de la tabla Ouija, mirando fijamente a Joan. Pero la expresión de su rostro era igualmente enojada y disgustada: *"¡Oh, basta!"* le gritó de nuevo, *"¡eso ni siquiera es gracioso!"*. *"¡Yo no lo hice!"*, se defendió Emma.

Y luego, así, la vela se apagó. Fue como si alguien acercara los labios a la llama y hubiese soplado, con el sonido del aire suavemente forzado que pasaba entre ellos. Las amigas jadearon al unísono. La habitación estaba a oscuras, pero no del todo. Ahora el resplandor ámbar de la lámpara era el único que iluminaba la habitación.

Joan y Emma se miraron la una a la otra, con los ojos muy abiertos, con incredulidad. Sabían que eso era una hazaña imposible, pero así había sucedido, de manera incondicionalmente inexplicable y aterradora. Emma sintió que se le erizaba el pelo de la nuca, su corazón estaba latiendo fuertemente, quería saltar a los brazos de Joan para consolarse, pero ninguna de las dos quería moverse.

Y después, justo cuando comenzaban a volver a sus sentidos, la vela, así como así, se volvió a encender.

Se volvió a encender... por sí sola... por su propia cuenta... sin nadie cerca para hacerlo. Ambas se alejaron del tablero de Ouija y de la vela, y luego se abrazaron sujetándose estrechamente, con los ojos clavados en esa vela incandescente y su llama bailando tranquilamente con los movimientos invisibles del aire en su habitación.

Esta no era una vela engañosa, era solo una vela de cera ordinaria que Joan había tomado del comedor para usarla. Las niñas nunca se explicaron cómo pudo haber sucedido eso, pero decidieron dejar la tabla Ouija para siempre.

Sin embargo, empezaron a suceder cosas extrañas en la casa, que no se detuvieron hasta que Joan sacó la tabla de donde estaba guardada y la arrojó al cubo de basura en el patio trasero de la propiedad. En ese entonces, todavía se podía quemar la basura en botes de basura de metal, y eso es lo que hicieron con la tabla Ouija en su momento.

Solo entonces cesaron para Joan todas las cosas paranormales. Emma nunca sintió que hubiera algo relacionado con lo que "eso" les había dicho sobre estar con ella desde que tenía ocho años, nunca entendió el significado de ese mensaje.

Sin embargo, siempre había sido sensible a las emociones de los demás (la gente generalmente la consideraba empática), y siempre había tenido sueños proféticos y había visto cosas inexplicables.

Independientemente de eso, nunca se pudo explicar por qué le llegó ese mensaje, ¡y mucho menos fue capaz de explicar la vela!

23 días

Durante el verano del tercer año de Tyler en la escuela secundaria, un grupo de amigos suyos, tanto hombres como mujeres, solían jugar regularmente con la tabla Ouija. Al principio, Tyler y sus amigos lo tomaban como una broma… le hacían a la pizarra las típicas preguntas tontas y raras para pasar el tiempo riéndose, algo como *"¿Joaquín tiene vagina?"*… Luego, todos los chicos rápidamente movían el puntero hacia el sí.

Después de un periodo de más o menos una semana de jugar con el tablero casi todos los días, poco a poco se hizo evidente que estaba sucediendo algo diferente.

· · ·

Tyler y su grupo pasaron uno o dos días acusándose mutuamente de mover el puntero, todos negaban que lo estuvieran moviendo, pero todos sabían que de hecho *alguien* lo estaba moviendo.

Todos habían aprendido del fenómeno en el que la mente de una persona puede manipular una cuerda a través del subconsciente, mediante la manipulación de los nervios motores finos que causan contracciones musculares que hacen que la cuerda parezca moverse, y nadie quería verse como un tonto frente a las chicas.

Así pues, nadie admitió haberlo movido, a pesar de que claramente alguien lo estaba haciendo, y todos tenían sus sospechas basadas en qué chico parecía más probable a aprovechar la creciente inquietud de las chicas durante los días que siguieron, al sentarse muy cerca de ellas y poner sus brazos alrededor de sus hombros para calmar sus nervios.

Todo cambió cuando los chicos decidieron jugar con la Ouija en el parque durante una noche particularmente oscura; el tablero les informó que estaban hablando con un espíritu de niño que se llamaba Zac.

· · ·

Se enteraron de cómo aparentemente había muerto, de su edad cuando murió y de qué chica del grupo aparentemente se estaba enamorando. Este fue el punto de inflexión para Tyler porque después de esta noche, todas las noches que siguieron fueron claramente diferentes.

Un par de días después de ese momento, todos decidieron como grupo llevar la tabla Ouija a la casa de una de las niñas que vivía en un inmueble muy antiguo, de más de cien años (a diferencia del resto del grupo, ya que la mayoría vivía en casas recientemente construidas).

El puntero comenzó a moverse a velocidades desconcertantes, los chicos no sabían qué estaba pasando, ni si la atmósfera o su estado de ánimo tenía algo que ver con el movimiento. Comenzaron a hacer lo que habían visto en películas, Tyler comenzó a escribir las letras en las que se detenía el puntero antes de pasar rápidamente a la siguiente sin ningún tipo de planificación previa. Leyeron oraciones, frases e historias completas... todo el tiempo con ciertas palabras mal escritas, detalles que uno atribuiría a un niño. Todo el grupo se sentía muerto de miedo.

· · ·

Ese verano, el grupo continuó haciéndole preguntas a Zac. Algunas veces, sus respuestas tendrían sentido inmediato, y en otras ocasiones se revelarían en el futuro de diferentes formas. Por ejemplo, había una chica nueva en el colegio con la que todos estaban intrigados, y en algún momento Tyler le preguntó a Zac si la conocería... y la respuesta fue 23 días. 23 días después, ella le pidió a Tyler que la acompañara a un baile escolar.

Las historias se volvieron más extrañas y precisas a partir de ese momento. Los chicos continuaron preguntando cosas a Zac, tales como cuándo iban a morir todos, quién sería el más rico, cuál era la verdadera religión, si existía Dios... a lo que el tablero respondía con extraña exactitud cada vez y la mayoría de sus respuestas eran bastante impactantes.

Conforme los chicos crecieron, creyeron aún más fuertemente en el espíritu de Zac: las predicciones que se le pidieron se cumplían, y continuaban cumpliéndose con el paso de los años.

No olvides despedirte

. . .

Faryaal nunca había usado personalmente una tabla Ouija, ni pensaba hacerlo. Sin embargo, una noche, algunos de sus amigos cercanos la invitaron a salir, descuidando engañosamente decirle que habían comprado una tabla de Ouija.

La mejor amiga de Faryaal sabía que odiaba incluso el concepto de las tablas Ouija, así que cuando le dijo que se encontrara con ella en su antigua escuela secundaria a la 1 am, muchas posibilidades pasaron por su mente, pero convocar demonios no era una de ellas. De todos modos, Faryaal apareció pensando que iban a fumar o iban a convivir de alguna manera similar, pero no: se encontró con su amiga y con algunos de sus compañeros de trabajo sentados allí con una tabla Ouija, en la vida real.

Después de un montón de idas y vueltas, Faryaal aceptó a regañadientes sentarse junto a su amiga y los amigos de su amiga para verlos jugar. Todo el tiempo, se sentó cada vez más cerca del estacionamiento, con los ojos puestos en su automóvil en caso de que tuviera que correr (sintiéndose realmente paranoica por esto). Se negó a tocar siquiera el tablero mientras los demás jugaban.

. . .

Estaba oscuro, todos estaban en una escuela secundaria vacía que bordeaba un bosque y a Faryaal le parecía una situación muy espeluznante. Todos juraron que no se meterán con el tablero y repasaron todas las reglas antes de comenzar a jugar con la Ouija. Empezaron por hacerle al tablero algunas preguntas al azar, pero nada se movió.

Todos se sentían frustrados y aburridos, hasta que finalmente alguien preguntó *"¿hay un espíritu aquí?"* y el puntero se movió a "sí". Todo el mundo se quedó paralizado, mirándose los unos a los otros, como diciendo "¿cuál de ustedes, idiotas, movió el tablero?"; pero todos parecían igualmente asustados. Comenzaron a hacer más preguntas: *"¿eres hombre?"* y el puntero volvió a pasar a "sí".

El grupo siguió haciendo preguntas genéricas sobre el espíritu, pero una de las chicas decidió preguntar sobre sí misma: "¿Me haré rica?", "¿me casaré con alguien en un futuro próximo?" y otras similares.

En este punto, Faryaal no solo estaba bastante temerosa sino que se sentía bastante incómoda porque era un poco supersticiosa.

. . .

Siendo musulmana, creía que no debemos preguntarle nada a los "espíritus", porque se juega con magia negra. De todas formas, la chica le pregunta al "espíritu" si vivirá por mucho tiempo y la tabla dice "no". Ella se enoja un poco y pregunta *"¿moriré pronto?"* y la pizarra dice "sí".

En este punto, todos parecen tan atemorizados como Faryaal. La chica pregunta *"¿estoy en peligro inmediato?"* y el puntero apunta a "sí". Después de eso, todos terminaron el juego, desmantelaron todas las piezas según las reglas y las guardaron. Faryaal se sentía sumamente enojada por ser arrastrada a este lío, y pensó que la perseguirían el resto de la noche.

De todos modos, no pasó nada y todos fueron a fumar después de eso, lo que pareció calmar los nervios de todos. Sin embargo, la parte más espeluznante fue unas semanas después, cuando la chica propietaria de la tabla Ouija les envió un mensaje de texto a todos: esa noche, había tenido una pesadilla en la que estaba jugando sola al tablero de Ouija, lo cual va en contra de una de las reglas. Estaba tan asustada que fue a su auto para mirar el juego y descubrió que algunas de las piezas estaban ensambladas y había un rasguño largo en el borde del tablero.

Nadie en su familia sabía que incluso tenía el juego en su auto, se había asegurado de que todas las piezas estuvieran desarmadas al guardar el juego, y el juego era nuevo cuando jugaron, ninguno de los presentes lo había rayado. Entonces, ¿cómo se ensamblaron las piezas?, ¿cómo fue que tenía un rasguño? El grupo entonces se dio cuenta de que una de las reglas más importantes era decir adiós cuando terminas de jugar para que el "espíritu" no te siga.

4

Cuando la familia llama

La mayoría de las veces, las experiencias con el tablero Ouija no son más que diversión y juegos. Las niñas en fiestas de pijamas preguntan a fantasmas sin nombre con quién se casarán, o tal vez un grupo espiritualista se entera de la historia de un soldado muerto hace mucho tiempo que fue testigo de acontecimientos históricos.

Sin embargo, en muchos sentidos, comunicarse a través de la Ouija puede ser muy impersonal. No puedes ver el espíritu con el que estás hablando y rara vez pasas suficiente tiempo con ellos para llegar a conocerlos realmente... Es decir, hasta que te encuentras con alguien en la muerte a quien conociste en vida. ¿Es una coincidencia que la familia perdida decida llamar a sus parientes vivos?

• • •

¿O tienen un mensaje o algún otro asunto pendiente?

Chicle

Era 1994 y Karen iba a la universidad en Filadelfia. Un fin de semana, una gran tormenta de invierno se apoderó de la ciudad, por lo que todos debían refugiarse en el interior. Karen y su compañera de cuarto, Jen, decidieron invitar a un par de amigos para no volverse locos por el aburrimiento.

Una vez que estuvieron todos juntos, Jen sugirió que Karen sacara su tabla Ouija, los otros dos pensaron que era una gran idea, sería divertido intentar asustarse un poco el uno al otro. Jen y su amigo Mike instalaron la tabla entre ellos, casi de inmediato, todos pudieron sentir una presencia espiritual llenando la habitación.

El puntero se movió antes de que Jen pudiera siquiera hacer una pregunta. "Q-U-I-E-R-O-A-K-A-R-E-N", deletreaba. Karen se sentó en el fondo, luciendo sorprendida. Sintió un escalofrío recorrer su espalda, *¿por qué yo?* se preguntó para sí misma.

· · ·

A Karen no le gustó que la *planchette* hubiera escrito su nombre, pero como ella no era la que estaba jugando, pensó que era seguro hacer algunas preguntas.

"¿Quién es?" ella preguntó, y el puntero deletreaba "S-T-E-P-H-E-N". Todos en la sala se rieron, todos excepto Karen. Los demás sabían que Karen tenía un hermano menor llamado Stephen, y pensaron que probablemente era una coincidencia que el espíritu tuviera el mismo nombre, pero lo que no sabían era que Stephen era un nombre regular dentro de su familia. Su tío también se llamaba Stephen, al igual que su abuelo.

"¿Cómo es que me conoces?" preguntó Karen, la habitación quedó en silencio cuando el puntero se movió bajo los dedos de Jen y Mike. "A-B-U-E-L-O". Jen miró a Karen, confundida: *"¿también tienes un abuelo llamado Stephen?"*, Karen asintió, *"falleció cuando yo tenía ocho años"*. La atención de todos se centró en el tablero. Karen tenía que saber si este era realmente su abuelo, así que se devanó la cabeza en busca de algunos recuerdos tempranos que solo él conocería.

Finalmente, dijo: *"¿cuál era el regalo especial que solías traerme cuando venías de visita?"*

La *planchette* se movió para deletrear, "C-H-I-C-L-E". Karen sabía que sus amigos no podían saber eso, incluso su madre probablemente lo había olvidado; se reclinó en el sofá, luciendo pálida. *"¿Qué significa eso?"* preguntó Jen. Karen suspiró: *"cuando mi abuelo venía a visitarme, me traía una caja de puros llena de puros de chicle. Nos sentábamos juntos, él fumaba y yo fingía hacerlo con el chicle".*

El grupo miró a Karen. Se estaba sintiendo bastante asustada en este punto, pero se recordó a sí misma que este espíritu no le había dicho nada malo o dañino hasta ahora. El puntero se movió por sí solo. "T-E-A-M-O", deletreaba. Karen vaciló. *"Yo también te amo, abuelo".* Luego, el puntero se movió a "Adiós". El grupo decidió cerrar el tablero.

Más tarde esa noche, Karen estaba en la cama cuando de repente recordó un sueño que había tenido cuando tenía 12 años. Su abuelo se había ido por 4 años, pero se acercó a ella en el sueño solo para decirle que estaba bien. Karen había preguntado: *"¿puedo ir contigo al cielo?"* *"No",* dijo su abuelo, *"pero estoy bien".*

Karen siempre se había sentido cercana a su abuelo, e incluso después de todos estos años, sentía que él estaba con ella siempre. Ella pensó que el sueño y la experiencia de la tabla Ouija eran su forma de comunicarse con ella y hacerle saber que todo estaba bien para él.

Estoy bien y estoy feliz

Cuando Susan tenía 12 años, se hizo amiga de una niña que solía jugar con la tabla Ouija en compañía de su hermana. Encendían velas y supuestamente tenían un "guía espiritual" en el otro lado que las conectaba con sus seres queridos y amigos fallecidos. Ella convenció a Susan para que fuera a su casa una noche a jugar, y tratara de contactar a su abuelo que había fallecido recientemente.

Al principio, Susan lo tomó todo como una broma y realmente no creía que fuera posible contactar a su abuelo; la pequeña había jugado con tablas de Ouija antes y, por supuesto, nunca pasó nada relevante. Entonces, comenzaron con la sesión y apagaron todas las luces, encendiendo únicamente algunas velas.

Inmediatamente, las velas comenzaron a parpadear cuando su amiga "contactó" a su guía espiritual en el otro lado.

Susan comenzó a hacer preguntas que sabía que su amiga no sería capaz de responder, como el cumpleaños de su abuelo, la fecha del día en que se casó, el segundo nombre de su hija (la madre de Susan), etc. Su amiga y el guía procedieron a responder todas y cada una de las preguntas que hizo correctamente.

Un antecedente importante es que la madre de Susan tenía una enfermedad mental: creció con esquizofrenia, así que siempre hubo mucha fricción dentro de su familia por eso. La niña no mencionó nada sobre esto ya que era un tema sensible, y ninguno de sus amigos sabía sobre la condición de su madre.

Así, Susan le preguntó al guía si su abuelo estaba bien, si estaba feliz y si extrañaba a su abuela y a su mamá. El puntero respondió con "Estoy bien. Estoy feliz", y luego mencionó los problemas de su madre, diciendo que era una mujer muy fuerte y que se sentía orgulloso de ella. Esta respuesta impactó a Susan, ya que, una vez más, su amiga no sabía nada sobre los problemas mentales de su madre ni conocía información personal de ella o su familia, pero la Ouija respondió todo correctamente.

· · ·

Esa noche, la pequeña Susan no logró conciliar el sueño, permaneció despierta toda la noche, mirando a su habitación en la oscuridad, completamente asustada por lo que acababa de suceder. Al día siguiente, fue a la casa de su abuela, su tía abuela también estaba allí de visita.

De alguna manera, el abuelo de Susan apareció en la conversación: las dos mujeres (la abuela y la tía abuela) hablaban de cuánto lo extrañaban y se preguntaban si el hombre era feliz.

Susan se armó de valor y les contó a ambas sobre su experiencia la noche anterior. Su tía abuela era una católica religiosa muy supersticiosa y le advirtió duramente que la tabla Ouija es extremadamente peligrosa y que los niños NO deberían jugar con esas cosas. Lo cual es irónico, ya que están hechos por la industria juguetera y se venden en todas las jugueterías de América.

Por otra parte, su abuela estaba muy disgustada y se puso a llorar. Las tres se sentaron una vez que la situación se calmó y hablaron sobre lo sucedido; la tía abuela comenzó a contar que la noche anterior tuvo un sueño muy surrealista sobre el abuelo de Susan.

· · ·

Les contó que en su sueño, el hombre entró en la casa de la abuela de Susan y ella no estaba allí, así que el abuelo salió a dar una vuelta por la esquina. La tía dijo que el abuelo llevaba un traje nuevo y se veía maravilloso, también contó que la vio y le dijo: *"estoy bien. Por favor, dile a Rosemary* (la abuela de Susan) *que estoy bien y estoy feliz. Dile que la amo y que la veré pronto. Y dile a Kathy* (la mamá de Susan) *que la amo y que estoy muy orgulloso de ella".* Fue un día muy emotivo y surrealista. Las mujeres se sentaron llorando y recordando al abuelo, hablando de los buenos tiempos y contando anécdotas que les abrazaban el corazón.

Susan no sabía cómo sentirse por todo lo que pasó: no era una niña religiosa ni creía en "espíritus del más allá", veía toneladas de programas paranormales y de crímenes verdaderos, e incluso había estado en varios "tours de fantasmas" y había visitado (e incluso pasado la noche) en múltiples lugares embrujados, pero personalmente, nunca había experimentado nada paranormal por ella misma hasta ese momento.

Sin embargo, esta experiencia quedó guardada dentro de su corazón y le acompañó hasta que fue mayor.

. . .

La madre de Susan falleció en 2011, luchó con problemas mentales y problemas de salud toda su vida; la mujer, literalmente, nunca tuvo un día de paz. Pero después de hablar con su abuelo, aunque no fuera capaz de probar que hubiera sido real, Susan sintió que podía creer que su mamá estaba en un lugar mejor y su abuelo la estaba cuidando.

Ese se volvió un pequeño consuelo para Susan, ya que su madre luchó toda su vida con enfermedades mentales dentro de una sociedad que consideraba a las personas con enfermedades mentales como "menos que humanos".

Para ella, era reconfortante el haber vivido ese encuentro y saber que su madre tenía a su abuelo con ella al otro lado, cuidándola. La vida siguió, pero Susan creció con la esperanza de algún día, volverlos a ver.

5

Zozo

CUALQUIERA QUE TENGA interés en el espiritismo y que use la tabla Ouija ha oído hablar del fenómeno Zozo.

Este fenómeno ha llevado el terror a miles de usuarios de tablas de Ouija en todo el mundo, y a pesar de esto, todavía no está claro quién o qué es él. Algunos dicen que es un producto de la imaginación de las personas, perpetuado a lo largo del tiempo por coloridas historias; otros dicen que es un espíritu maligno que no trama nada bueno y otros más creen que es un demonio que guarda las puertas del infierno. Lee estas historias de Zozo y decide por ti mismo/a.

Temo por su seguridad

Era 2012 y Abril acababa de mudarse con su hermana Joyce. Una noche, las dos hermanas decidieron invitar a sus amigos, Trevor y Melissa, a hacer algo divertido; todos estaban fumando y reflexionando sobre qué hacer cuando Abril sugirió que deberían jugar Ouija.

A Abril le encantaba la idea de preguntarles a los espíritus sobre la otra vida, y había jugado sola con el tablero durante muchos años sin que sucediera nada malo. Los cuatro se sentaron juntos a la mesa alrededor del tablero; Joyce y los demás no eran tan creyentes, por lo que Abril decidió liderar el juego. *"¿Hay alguien ahí?"*, preguntó. Lentamente, el puntero se movió a *"Sí"*.

"¿Con quién estamos hablando?" – el puntero se movió de nuevo, deslizándose a la letra Z, luego O, luego Z y luego O de nuevo. No dejaba de moverse entre las dos letras, comenzó a ganar velocidad a medida que avanzaba y retrocedía. Trevor y Melissa parecían desconcertados.

"¿Qué quieres?", preguntó Abril. El puntero se movió rápidamente: "E-L-L-A" - *"¿Quién es ella?"* - El puntero se movió de nuevo: "M-E-L-I-S-S-A" Melissa sonrió levemente, pensando que era una broma, pero Abril, en cambio, comenzaba a asustarse.

"¿Qué quieres de ella?", preguntó, y la única respuesta que recibieron fue "L-A-Q-U-I-E-R-O", deletreada rápidamente. La *planchette* no parecía querer detenerse, y volvió a moverse de un lado a otro entre Z y O.

El grupo comenzó a cansarse de este espíritu vago pero enérgico; frustrada, Melissa dijo: *"este espíritu es un idiota"*. Justo cuando el insulto salió de su boca, el puntero se detuvo en el tablero. Lentamente, comenzó a moverse de nuevo, deletreando "M-U-E-R-T-E".

"¿Por qué hiciste eso?", gritó Abril, *"él podría ser capaz de hacernos algo horrible…"*. No quería que nada malo les pasara a sus amigos. Melissa se sentó en silencio, un poco temblorosa y avergonzada, los demás decidieron intentar seguir comunicándose. Pronto, Abril notó lo cálido que se sentía el puntero bajo sus dedos, de hecho, hacía más calor. *"¿Sienten eso?"* dijo Joyce, y los demás asintieron.

"¿Estás enojado?" Abril preguntó con una sensación de aprensión. La *planchette* comenzó a moverse tan rápido que nadie pudo seguir el ritmo de las letras. Entonces el espíritu pareció quedarse estancado en una rutina y comenzó a deletrear "M-A-M-A" una y otra vez.

. . .

Abril decidió intentar forzar el puntero a una letra diferente, pero no se movió. *"¡Maldita sea!"*.

Trevor apartó las manos: *"me largo. Esto es demasiado extraño"*. Fue entonces cuando la atmósfera cambió por completo. Nada se veía diferente, pero Abril tuvo la sensación de que había una presencia en la habitación, el aire se volvió pesado y el miedo se apoderó de sus ojos. De repente, ya no se sentía ella misma; de alguna manera, sabía que había algo dentro de ella.

De la nada, un fuerte sentimiento de odio se apoderó de ella, luego se echó a reír, no tenía idea de por qué, y al momento siguiente estaba llorando. Se dio cuenta de que ya no tenía control sobre sus emociones, pero eso no fue todo. Abril sintió la sensación de odio en la fluencia de nuevo, y se encontró a sí misma lentamente volviéndose hacia Melissa. Entonces sonrió. No era una sonrisa feliz o falsa, era positivamente malvada.

Abril no sentía que realmente fuera ella quien hiciera las acciones; había algo dentro de ella, algún demonio. Joyce cerró de golpe el tablero - *"Trevor tiene razón, esto se está poniendo espeluznante"*. Todos se levantaron de la mesa, pero Abril tuvo problemas para salir de su ensueño.

Aún podía sentir algo oscuro hirviendo bajo la superficie, pero no sabía qué decirles a los demás.

Después de un tiempo, lentamente comenzó a volver a la normalidad; una vez que se sintió completamente como ella misma de nuevo, el alivio se apoderó de ella. Se había sentido asustada antes, pero no por ella misma. Tenía miedo por la seguridad de su hermana y sus amigos. Abril sabía que todo lo que había entrado en su cuerpo era poderoso. Si Zozo hubiera querido lastimar a uno de los otros, no habría podido detenerlo.

Saber cuándo parar

Darren vivía en Tulsa, Oklahoma. Desde una edad temprana, había sentido una gran fascinación por lo oculto y místico. Comenzó a utilizar la Ouija desde joven, y pronto aprendió que pueden suceder cosas malas debido a la capacidad del tablero de crear "portales".

Durante sus experiencias con las tablas de Ouija, un espíritu en particular siempre parecía obligado a dar a conocer su presencia. Su nombre era Zozo.

· · ·

Incluso muchos años después, Darren se negaba a pronunciar su nombre, porque creía que la mera pronunciación era capaz de hacer que Zozo se manifestara.

Darren tuvo encuentros con Zozo tantas veces que se volvió imposible contarlas: al principio había fingido ser un buen espíritu, o incluso se había hecho pasar por quien sea a quien Darren estaba tratando de contactar.

Pero finalmente mostró su verdadero yo, maldiciéndolo, amenazándolo a él y a los demás presentes en la habitación.

Una vez, lo maldijo usando palabras que parecían provenir del latín o hebreo, y usando terminología bíblica.

Darren se encontraba realmente fascinado y sorprendido por la cantidad de veces que apareció Zozo ante él, incluso en muchos estados diferentes y en muchas tablas Ouija diferentes.

Zozo siempre terminaba hablando de maneras muy desagradables y comentaba libremente cómo quería poseer a las amigas de Darren y llevarlas al paraíso. Cuando se le preguntó dónde estaba el paraíso, deletreó I-N-F-I-E-R-N-O.

Una vez, después de que Zozo utilizaba el puntero para decir cosas extremadamente malvadas, Darren entró a su baño solo para ver a su hija de 1 año a punto de ahogarse: su madre la había dejado sola en la bañera "sólo por un segundo" y de alguna manera el agua se abrió y se desbordó. Instintivamente, la niña tenía la cara inclinada hacia arriba y estaba a segundos de hundirse cuando Darren la sacó del agua.

Al día siguiente, la hospitalizaron por una extraña infección interna y la aislaron durante 14 días seguidos mientras los médicos intentaban diagnosticar la enfermedad. Casi la pierden, y fue entonces cuando Darren comenzó a sospechar de un ataque demoníaco.

Al mismo tiempo, su pareja mantenía un estado de "trance", su personalidad cambió y de ser una persona muy dulce se convirtió en alguien retraída e indiferente. Antes de esto, Darren había contactado con Zozo, quien le dijo que la iba a poseer y a devorar su alma.

. . .

Alguna otra vez, Darren se encontraba grabando música para un futuro proyecto de rock y se le ocurrió preguntarle en broma a la Ouija si ésta tenía una opinión sobre cómo debería llamar a la banda. Deletreaba "LENGUA DE HIERRO", que en ese momento pensó que era un hombre genial. Sin embargo, más tarde, cuando la lengua de su hija se hinchó en el hospital hasta el punto de asfixiarla, se dio cuenta de que eso no era nada genial.

La lengua de la pequeña se puso dura como una roca y distorsionó su rostro, hinchándose hasta donde colgaba grotescamente de su boca. Él y su pareja se turnaron junto a la cama de hospital durante lo que pareció una eternidad antes de que la pobre niña comenzara a recuperarse de esta extraña aflicción.

Cuando los invitados pasaban la noche en casa de Darren, juraban que habían escuchado voces aterradoras provenientes del interior de las paredes, que objetos salían volando a través de la habitación y las arañas parecían aparecer de la nada. El hermano de la pareja de Darren, que vivía con ellos, se quejaba de que no podía dormir por la noche porque las "conversaciones" eran tan fuertes que simplemente no podía descansar.

. . .

El hombre creía en los fantasmas y, aunque no les tenía miedo, dijo que definitivamente se sentía demoníaco. Las luces se apagarían y encenderían solas, las puertas se abrirían y desbloquearían solas. Una noche, en el dormitorio de la pareja, una risa viscosa emanó de la nada, haciéndoles sentir un terror indescriptible.

Otra noche, Darren despertó al sentir que unas manos en su garganta intentaban ahogarlo: no podía respirar, ni podía gritar. Después de unos 30 segundos, las manos soltaron su agarre mientras Darren jadeaba fuertemente tratando de recuperar el aire. Lo mismo le pasó a su esposa la noche siguiente.

Otra noche, el hermano de su novia y él estaban parados afuera de la puerta corrediza de vidrio del patio trasero, hablando de una supuesta maldición hacia su familia. De repente, Darren exclamó: *"¡reprendo esta maldición en el nombre de Jesucristo!"*, y no logró terminar de decir por completo las palabras, ya que un sonido ensordecedor y una vibración golpearon toda la casa con un "boom" tan alarmante que los vecinos se acercaron a preguntar si había sucedido algo.

. . .

Darren sabía que el sonido no provenía de su imaginación, por lo que subió para ver qué había aterrizado en la parte superior de la casa, sin encontrar nada. Después de ese momento, las cosas se calmaron, lo que le hizo pensar a Darren que lo que fuera que hubiese hecho ese ruido también causó que la perturbación desapareciera... Por un tiempo.

Tiempo después, Darren se separó de su pareja, y posteriormente conoció a alguien en línea en Michigan, por lo que cambió de residencia para poder estar con ella. La mujer no creía en los espíritus y, aunque Darren conocía sobre los peligros que podían acecharles, decidió convertirla en creyente también.

Ambos vivían en una ciudad muy pequeña dentro de Marshall, Michigan, en donde no había tiendas que vendieran tablas Ouija, así que Darren, aún sin aprender su lección, descargó una de Internet. La imprimió y, para su horror, Zozo regresó diciendo que venía del "ciberespacio".

Cuando Darren le preguntó dónde vivía, deletreaba "COLLAR-DE-CRÁNEO"...

. . .

La nueva pareja no pensó mucho en esto, hasta que Darren preguntó de nuevo a Zozo dónde estaba, esta vez recibiendo la respuesta de "E-S-P-E-J-O". Se dieron cuenta de que había solo un espejo en el dormitorio donde estaban utilizando la Ouija, y de repente escucharon un grito: provenía de la sobrina de la nueva pareja de Darren, quien, junto con otro pequeño amigo, había estado mirando la sesión. Al voltear al espejo vieron, precisamente, un collar de calavera balanceándose hacia adelante y hacia atrás, con ojos brillantes como si les estuviera mirando.

El hijo de esta nueva novia había colgado el collar en uno de los postes de la cama horas antes de que Darren descargara la Ouija digital, bastante lejos del espejo. La pareja casi salta fuera de su piel, y aunque había caído un metro de nieve fresca esa noche, todos se encontraron en el patio delantero sin saber qué hacer, asustados y congelados de terror.

Su novia estaba tan fascinada con el evento que condujo más de 40 kilómetros para comprar una nueva tabla Ouija que brillara en la oscuridad. La noche siguiente tuvieron otra sesión en la misma habitación, Zozo apareció de inmediato e incluso sin que Darren participara.

Esta vez, las sobrinas de su novia eran quienes usaban la *planchette*: Darren escribía en secreto un color en un pequeño trozo de papel y luego lo arrugaba donde nadie pudiera verlo, después le pedía a las jóvenes que le preguntaran a la pizarra si sabía qué color había escrito.

El puntero rápidamente se movió a "SÍ"... "¡AZUL!", Darren entonces pasó el papel a su novia y sus ojos se agrandaron al leer escrito el color AZUL. Intentaron lo mismo con formas y palabras y, cada vez, la Ouija sabía qué había escrito.

Noches después preguntaron al tablero si el espíritu se mostraría. El puntero deletreó S-Í e indicó a Darren que apagara las luces y tomara una foto del collar sobre el tablero. Darren hizo exactamente eso y lo que resultó fue sumamente inquietante, por decir lo menos: en la esquina superior izquierda de la imagen era posible ver claramente esqueletos "alados" volando, con exactamente la misma forma extraña de los que tenía el collar. Hacia el centro era posible distinguir caras horribles, al menos 4 caras malvadas en esa imagen.

Supuestamente, Zozo es un antiguo nombre de demonio que posiblemente significa "El Destructor".

Los reclamos de posesión demoniaca están asociados a este Zozo y además, supuestamente, el demonio perro de 3 cabezas que guarda las puertas del infierno tiene un tatuaje en la frente que deletrea ZOSO.

A quién no invitar a tu fiesta

Akuma tenía un amigo llamado John, quien un día celebró una fiesta de cumpleaños y lo invitó a él, a un amigo llamado Jesse, a otro chico también llamado John y a un último amigo llamado Derek. Todos estaban haciendo las cosas habituales de chicos, ver videojuegos, lucha libre, etc. Casi al final de la velada, su madre tuvo que ir al centro comercial a comprar algunas cosas e instó a los chicos a alquilar algunas películas.

Mientras estaban en la tienda de videos, vieron una tabla de Ouija en la pared. Akuma dijo lo divertido que sería bromear con ella, y los chicos estuvieron de acuerdo, así que la compraron y volvieron a casa de John. Ninguno de ellos había usado un tablero de Ouija antes de eso, así que pensaron que todo era principalmente una broma.

. . .

Esperaron hasta la medianoche y luego sacaron el tablero de la caja. Preguntaron si había personas específicas, pero no obtuvieron respuesta; unas cuantas veces el puntero se movió, pero más tarde descubrieron que había sido Jesse quien lo había movido.

Se hartaron y simplemente dijeron *"que vengan a hablar con nosotros, estamos aburridos"*; la *planchette* instantáneamente se movió sobre las letras y deletreó "Hola". Los chicos pensaron que era Jesse de nuevo, pero el chico juró que no era él. Empezaron a hablar con el espíritu, que al principio no parecía malvado.

De hecho, fue muy amigable. Siendo Akuma el aventurero, dijo a los demás que debían llevar la tabla al sótano porque sería "más aterrador". En ese momento había decoraciones de Halloween ahí abajo, pero ninguna de ellas era relevante… excepto una.

Continuaron teniendo una conversación regular con el espíritu o lo que fuera, Jesse luego preguntó cuándo iba a morir y la pizarra deletreó "esta-noche". El chico miró a los demás y dijo *"muy divertido, muchachos"*. Todos estaban asustados porque ninguno de ellos movió el puntero.

. . .

Le preguntaron al ente su nombre pero éste seguía diciendo "No" una y otra vez. Entonces Jesse dijo *"idiota, dinos tu nombre"*. La *planchette* fue de la H a la A varias veces, y luego, la pizarra deletreaba "izquierda". Una de las decoraciones de Halloween, una cabeza de novia de plástico que estaba atada al techo, se dio la vuelta por completo y miró al grupo directamente. A pesar de que era de plástico, parecía que en realidad los estaban mirando a través de esos ojos.

Todos comenzaron a levantarse lentamente de la cama en el sótano cuando de repente se apagaron las luces. Fue en ese momento que todos corrieron escaleras arriba con el tablero. Al estar arriba, acomodaron el tablero y preguntaron por qué les estaban haciendo eso; la respuesta que obtuvieron fue *"porque están aburridos ja ja"*.

Le pidieron al ente que se fuera y éste siguió diciendo que no; preguntaron de nuevo cuál era su nombre, hubo una larga pausa. Finalmente, después de unos 3 minutos de espera, Akuma volvió a preguntar. Deletreaba "Zozo".

En ese momento, el nombre no tenía ningún significado para ellos. El aire era pesado a su alrededor y sabían que estaban siendo observados.

Jesse continuó enfrentándose a él, llamándolo por apodos y maldiciéndolo; cada vez que lo hacía, la sensación de pesadez en el aire empeoraba cada vez más.

La *planchette* también se había movido a un "6" cada vez que Jesse le decía algo. Finalmente, Akuma le dijo a Jesse que se callara, a lo que éste respondió *"¿qué? No va a pasar nada"*. Después de que Jesse dijera eso, la televisión se encendió y se estaba reproduciendo una película de terror, o al menos eso fue lo que los chicos asumieron, porque en el momento en que se encendió, estaba al máximo volumen y había una mujer gritando.

Llamaron al perro de John y subieron con él a su habitación. Le dijeron a Zozo que se fuera porque habían terminado de hablar con él, pero Zozo se negó a irse y la extraña sensación los había seguido escaleras arriba. Cerraron el tablero, lo abrieron de nuevo y pidieron ayuda, dijeron que sabían que habían cometido un error y que necesitaban ayuda para deshacerse de Zozo.

No estaban seguros de quién o qué fue, pero algo llegó a través del tablero llamado "Coza". Le pidieron urgentemente que se deshiciera de Zozo y, efectivamente, unos momentos después la sensación desapareció.

Aliviados, el grupo dio las gracias a Coza y cerraron el tablero correctamente.

Unos años después de que eso sucediera, Akuma comenzó a investigar lo paranormal y los tableros de Ouija, por supuesto, estaban en esa lista. Mientras investigaba los tableros, descubrió que muchas personas habían tenido experiencias horribles con la misma entidad conocida como "Zozo". No hace falta decir que sus amigos y él tuvieron mucha suerte de haber salido tan libres de esa situación. Si nunca has oído hablar de Zozo, es muy fácil encontrarlo en cualquier tipo de motor de búsqueda, simplemente escribe el nombre y aparecerán numerosas historias que lo involucran.

6

Secretos bien guardados

ALGUNOS DICEN que los espíritus lo saben todo. Es cierto que a veces las personas que se aventuran en el mundo de la Ouija se encuentran con espíritus que saben mucho sobre su pasado, o tal vez una o dos cosas sobre su futuro.

Racionalmente, estos casos podrían atribuirse a conjeturas afortunadas, o tal vez sus amigos cercanos estaban tratando de asustarlos arrastrando el pasado. Lo realmente extraño es cuando el espíritu parece saber algo sobre ti, un secreto profundo, oscuro e incalculable, que nunca le has contado a nadie.

Ventana

· · ·

Esta historia proviene de Tulsa, Oklahoma. Dave y su esposa, Michelle, decidieron llevarse una vieja tabla Ouija a la casa de sus amigos, Mike y Patricia, para tomar unas cervezas y divertirse. Mike siempre había creído en los espíritus, pero Patricia era escéptica, así que el grupo decidió mostrarle un par de cosas sobre el poder de Ouija... Obtuvieron más de lo que esperaban y, al final de la noche, Dave y Mike se encontraban en una sala de salud mental.

El grupo se acomodó alrededor de una mesa de café en la sala de estar de Mike, con luces tenues y velas encendidas.

Casi tan pronto como sus manos tocaron el puntero, este comenzó a moverse con fuerza alrededor de la tabla, lanzándose sobre el "Hola". Patricia no estaba impresionada.

Nunca tuvieron la oportunidad de aprender demasiado sobre el espíritu con el que se estaban comunicando, porque casi de inmediato comenzó a insultar a Patricia. Mientras el puntero se movía alrededor de la tabla, maldiciéndola y diciéndole que no le agradaba, Patricia puso los ojos en blanco, pensando que el grupo estaba tratando de hacerla enojar.

Entonces, el espíritu dijo algo interesante. Afirmó que Patricia estaba engañando a Mike con uno de sus ex novios; el interés de todos despertó. *"Pregúntale al espíritu cuál es el nombre de su ex novio"*, dijo Mike abruptamente.

Dave y Michelle únicamente conocían a Patricia a través de Mike, y no tenían idea de quién podría ser este ex, aun así, le preguntaron al espíritu. Su respuesta fue "M-A-T-T-".

La cara de Mike se puso roja de inmediato, pero eso no fue todo lo que el espíritu tuvo que decir. Continuó revelando que Patricia había tenido relaciones sexuales con Matt ese mismo día mientras Mike estaba en el trabajo.

"¿En qué habitación?" dijo Mike con calma, la *planchette* deletreaba "T-U-C-A-M-A". Patricia parecía incómoda, pero negó el mensaje del espíritu.

Aún así, Mike se levantó de un salto y fue a registrar el dormitorio; regresó un minuto después con un reloj de hombre, diciendo que no era suyo. El puntero se movió: "Q-U-I-E-R-O-A-S-U-S-T-A-R-L-A".

. . .

Mike y Patricia comenzaron a discutir y abandonaron el tablero, pero finalmente ella lo convenció de que todo era una mentira y el grupo continuó bebiendo algunas cervezas.

Todo estaba bien hasta que Dave y Michelle decidieron que era hora de un poco más de Ouija a la medianoche. Se pusieron en contacto con el mismo espíritu, que continuaba de humor únicamente para maldecir e insultar a Patricia. Todos pensaron que era suficiente y decidieron terminar la noche e irse a casa. En ese momento, la *planchette* deletreaba "V-E-N-T-A-N-A".

Todos miraron hacia la ventana de la sala, pero no vieron nada, mientras el puntero continuaba deletreando la palabra una y otra vez, con una velocidad cada vez mayor. "VENTANA. VENTANA. VENTANA."

Aburrida, Patricia decidió ir a la cocina a traer una nueva ronda de cervezas. Entonces la oyeron gritar. *"¡Alguien me estaba mirando a través de la ventana!"*, gritó. Dave y Michael salieron corriendo por la puerta principal para ver quién estaba allí.

. . .

Efectivamente, una figura alta corría por la calle. Corrieron tras la figura que giraba por un callejón y desaparecía dentro de un edificio. Dave y Michael se detuvieron en seco, encontrándose rodeados por policías y sus coches patrulla, estaban parados fuera de un centro de salud mental. Explicaron rápidamente sobre el hombre que había estado mirando por la ventana de la casa de Mike. Un trabajador del hospital explicó que el hombre se había escapado de las instalaciones de alguna manera una hora antes y que la policía lo había estado buscando.

Mike y Dave esperaron afuera, recuperando el aliento, mientras la policía entraba para hablar con el hombre. Cuando un oficial de policía regresó para contarles lo que estaba pasando, se estaba riendo: *"el tipo definitivamente está perturbado, no quiso responder ninguna de nuestras preguntas. Pero le dijo a la facultad del hospital que el diablo le había hablado. El diablo dijo que podía encontrarlo en tu casa"*. Los oficiales pensaron que esto era muy divertido, pero Mike y Dave sintieron escalofríos después de su velada con la tabla Ouija.

Caminaron a casa para contarle a Michelle y Patricia lo sucedido. Ambas mujeres estaban asustadas y Patricia no estaba feliz.

Tiró la tabla Ouija fuera de la casa y les dijo a Dave y Michelle que no volvieran, aún así, los muchachos decidieron que sería mejor quemar el tablero. Después de rociar el tablero con queroseno por si acaso, Mike le arrojó una cerilla. Pero el tablero no se incendió, en cambio, encendió una llama larga que voló a través del patio y luego explotó en una bola de fuego gigante.

Mike se encontraba en el camino de la explosión y comenzó a gritar, las quemaduras cubrían su cuerpo. Los demás llamaron a una ambulancia y él y Patricia fueron al hospital; resultó con quemaduras de segundo y tercer grado, además el queroseno lo cegó temporalmente. Después de que la ambulancia salió hacia el hospital, Dave recogió la tabla de Ouija que todavía estaba en el patio, la hierba a su alrededor se había quemado, pero la tabla estaba completamente ilesa. Dave la tiró a la basura al lado de la casa.

Al día siguiente, Dave recibió una llamada de Patricia. Ella estaba lívida, acusándolo de poner la tabla Ouija en la cocina donde el mirón la había visto. A ella no le hizo nada de gracia. Dave trató de decirle que la había tirado a la basura, pero ella no le creyó.

. . .

Después de esa noche agitada, Mike tuvo que someterse a un tratamiento ambulatorio serio para sus quemaduras.

Dave y Mike siguieron siendo amigos durante aproximadamente un año después de eso. Una noche, Mike le dijo a Dave que Patricia finalmente había admitido que lo estaba engañando: la tabla Ouija tenía todos los hechos directamente, hasta quién era y dónde lo estaban haciendo.

Patricia pudo haber sido escéptica antes, pero ya no podría serlo. Ella aprendió de la manera difícil: nunca juegues Ouija si tienes un mal secreto que quieres guardar.

P-A-P-Á

Tom, Josh y Chris eran todos amigos. Tuvieron el verano libre durante la escuela secundaria y pasaron la mayor parte del tiempo buscando algún tipo de problema. Tom era el mayor del grupo y siempre encontraba la manera de molestar a Josh, el más joven: siempre estaba golpeando a Josh en el brazo, como una broma, por supuesto, pero Josh se iba a casa con moretones.

Tom también lo intimidaba de otras formas, llamándolo estúpido o retrasado.

A Tom le gustaba ser el mejor y Chris se mantenía fuera de la línea de fuego, quedándose callado. Aun así, cuando Chris y Josh estaban solos, hablaban de lo mucho que les disgustaba la forma en que actuaba Tom, pero no tenían a nadie más con quien pasar el tiempo, así que lo toleraban.

Un día, los tres niños encontraron una tabla Ouija en la basura de otra persona. Emocionados por el hallazgo, llevaron el tablero a la casa de Tom para jugar, su casa siempre fue el mejor lugar para reunirse, ya que nunca había nadie allí. El chico no tenía hermanos ni hermanas, su padre trabajaba mucho y su madre había fallecido algún tiempo antes.

Los muchachos instalaron la tabla Ouija en la sala vacía.

Pusieron las manos en el puntero y esperaron. Y esperaron. Luego esperaron un poco más…

. . .

Teniendo la capacidad de atención de los chicos de secundaria que eran, se aburrieron después de esperar unos 20 minutos, comenzaron a discutir sobre darse por vencidos y fue entonces cuando el puntero comenzó a moverse.

Deletreaba "V-E-T-E". Tom no estaba impresionado, *"¿irme? ¡Vivo aquí!"*

El puntero se movió haciendo una figura de 8, luego deletreó, "A-H-O-R-A". Chris miró a los demás a su alrededor, diciendo *"eso es raro. Me pregunto qué significa."* Le dio a la tabla una mirada confusa: *"¿a dónde debemos ir?"* El puntero se movió de nuevo: "D-U-E-L-E".

Tom interrumpió diciendo *"esto es estúpido. Ustedes están haciendo esto. Vamos a probarlo. Josh, suéltalo".* Como de costumbre, Josh obedeció y quitó las manos del puntero.

"Ahora haz una pregunta que solo tú sabrías", dijo Tom con voz mandona. Sin pensarlo un momento, Josh preguntó: *"¿Quién es la persona que me golpea todo el tiempo?"* Tom miró a Josh, pero se distrajo rápidamente porque el puntero ya se estaba moviendo, deletreaba "P-R-E-G-U-N-T-A-A-T-O-M".

"Esto es estúpido", dijo Tom de nuevo. Luego, la *planchette* deletreaba "P-A-P-Á".

"¿Eh?", dijo Chris, mirando confundido al tablero, *"creo que esta pregunta es para Tom"*. Él y Josh se miraron el uno al otro, sus expresiones perplejas. "P-A-P-Á", volvió a deletrear la *planchette*. Pero Chris y Josh se estaban distrayendo con el comportamiento de Tom: su respiración se había acelerado, estaba sudando y su rostro estaba rojo como una remolacha.

Como insistiendo en que los niños, "P-A-P-Á", se deletreó sobre la tabla de nuevo. En ese momento, Tom se apartó de la tabla y salió corriendo de la habitación. Los otros chicos podían oírlo llorar mientras se alejaba, esto fue sorprendente, ya que ni Josh ni Chris habían visto llorar a Tom antes.

Después de unos días, se enteraron de toda la verdad sobre lo que la tabla Ouija estaba tratando de decirles: el padre de Tom abusaba de él y, en lugar de contárselo a alguien mayor, Tom se desquitaba con Josh. Nadie pudo decir cómo fue que la tabla de Ouija conocía el secreto mejor guardado de Tom.

7

El mismísimo Diablo

LA MAYORÍA de las personas que se sientan frente a una tabla Ouija esperan encontrar algún espíritu misterioso pero benigno, o tal vez nada en absoluto. Los usuarios más experimentados, y quizás menos afortunados del tablero de Ouija saben que deben estar atentos a los espíritus maliciosos o posiblemente incluso a un demonio del inframundo. Pero incluso ellos pueden sorprenderse con lo que encuentran, porque pocos soñarían que una simple tabla Ouija podría ponerlos en contacto con la entidad más malvada de todas: el mismísimo Diablo.

20 semanas

. . .

Dylan y Jake fueron a la cabaña familiar de su amigo Mark un fin de semana de otoño. Los tres adolescentes estaban ansiosos por tener el lugar para ellos solos, pero no tenían muchas ideas geniales sobre lo que debían hacer. Finalmente, alguien sugirió que probaran una tabla Ouija, todos estuvieron de acuerdo con entusiasmo.

Los tres chicos pudieron contactar con un espíritu, pero éste no fue muy amigable. Todo lo que quería comunicar era que Jake era malvado y continuaba deletreando "M-U-E-R-T-E" una y otra vez. Los chicos no se divirtieron y movieron el puntero a "Adiós", pero el espíritu tiró del mismo y deletreó: "N-O" "M-U-E-R-A-N".

Los chicos siguieron intentando despedirse del espíritu porque pensaban que era importante terminar la sesión, pero cada vez que lo intentaban, el espíritu volvía a apartar el puntero y les decía que murieran. Continuaron haciéndolo durante media hora, hasta que Dylan tuvo una idea: *"¡Espíritu, muéstrate!"* le dijo a la tabla. Inmediatamente, el puntero se deslizó a "Adiós". En ese momento, la puerta principal de la cabaña comenzó a temblar como loca, luego se detuvo de repente.

· · ·

Los chicos fueron a cenar sin pensar demasiado en ello. Tal vez fue por curiosidad, pero más tarde esa noche, todos querían volver a probar la tabla. Cuando se sentaron a la mesa, supieron de inmediato que habían encontrado al mismo espíritu. "N-O" y "M-U-E-R-A-N" eran las únicas palabras que le interesaba deletrear.

Mark pensó que sería una buena idea intentar hacer preguntas sobre el futuro: *"¿Tendré hijos?"* preguntó, y el puntero se deslizó a "Sí". *"¿Qué hay de mí?"*, dijo Jake, y el puntero se movió de nuevo, deletreando "A-H-O-R-A". Nadie entendió realmente lo que eso significaba, así que siguieron haciendo preguntas.

Sin embargo, Mark y Dylan se dieron cuenta de que Jake estaba un poco molesto, por lo que decidieron detenerse poco después. Los tres muchachos movieron la *planchette* a "Adiós", pero ésta se apartó bruscamente. "N-O. M-U-E-R-E", deletreaba. Entonces, el puntero comenzó a volar alrededor del tablero, fuera de control; salió del tablero y cayó al suelo, donde quedó inmóvil.

Dylan era el más supersticioso del grupo e insistió en que no podían dejar que la sesión terminara sin despedirse, porque podría liberar al espíritu y permitirle caminar por la tierra. No tuvieron más remedio que seguir hablando con él. Aun así, a todo lo que preguntaban recibían solo una respuesta: "M-U-E-R-E".

"¿Quién es usted?" Mark preguntó finalmente. El puntero comenzó a deletrear "L-U-C-I-F-E-R".

Eso fue demasiado para Jake, quien se asustó y salió corriendo de la cabaña. Los muchachos se rindieron con el tablero y regresaron a casa al día siguiente.

El lunes, Dylan fue a la escuela y vio que Jake no estaba allí, comenzó a preguntar si alguien lo había visto y luego escuchó el rumor de que Jake estaba en el hospital. Lo primero que pensó Dylan fue que algo horrible debía haberle sucedido a Jake, tal vez por el propio Lucifer. Presa del pánico, Dylan empezó a llamar a Jake una y otra vez.

Después de varios intentos, alguien respondió. *"¿Hola? Habla el padre de Jake"* - *"¡Hola! Es Dylan. Escuché en la escuela que Jake está en el hospital. ¿Qué sucedió? ¿Él está bien?"*

. . .

Hubo una breve pausa en el otro extremo antes de que el padre de Jake dijera: *"Jake está bien. En realidad, es su novia Tiffany la que está en el hospital. Tuvo un aborto espontáneo".*

Dylan se sorprendió: *"¿Un aborto espontáneo? Ni siquiera sabía que estaba embarazada…"* - *"Tiffany no se lo dijo a nadie, así que nosotros tampoco lo sabíamos"*, dijo el padre de Jake, sombrío, *"llevaba unas veinte semanas. Era una niña".*

De repente, Dylan se dio cuenta exactamente de lo que Lucifer les estaba diciendo a través del tablero Ouija la otra noche. Jake realmente tendría un hijo ahora, pero de la peor manera posible.

Silencio

Todo comenzó cuando Megan, y su amigo Kody, decidieron que sería divertido hacer algunos amigos muertos a través del tablero de Ouija, después de que Megan recibiera uno de parte de su madre por Navidad.

Los chicos querían utilizar el tablero para preguntar sobre el asesinato sin resolver de Betsy Aardsma en las pilas de

Pattee en los años 70, por lo que decidieron llevar la Ouija a la biblioteca para hablar con el infame asesino. Cuando estaban en las estanterías esa noche, hubo un anuncio por el intercomunicador que indicaba el cierre de la biblioteca.

Su plan fracasó, así que llevaron el tablero al siguiente mejor lugar que se les ocurrió: un centro de estudios comunitario siempre en funcionamiento. En el tercer piso, a las tres de la mañana, los chicos encontraron un área tranquila, ideal para lograr reunirse y hablar con los muertos.

Contactaron a un jugador de fútbol fallecido, que realmente cortejó a ambos, e incluso Megan comenzó a sentir que quería salir con él. A medida que continuaba su historia (habían estado hablando durante media hora), quedó claro que algo no estaba bien. Cuando le preguntaron si estaba mintiendo, dijo que sí.

Continuó moviéndose a través de cada letra del tablero, a lo que los chicos pensaron que el fantasma estaba tratando de ser divertido. Una rápida búsqueda por internet les advirtió que, en realidad, eso significaba que un espíritu maligno estaba tratando de escapar.

Con esos dos hechos, un repentino silencio se apoderó de la habitación. Ambos se asustaron y salieron del lugar de inmediato, Megan incluso vomitó durante el camino de regreso a casa. Con las caras pálidas y los cuerpos vacíos y sin corazón, los dos amigos se quedaron despiertos hasta el amanecer viendo comedias románticas. Era lo único que les quedaba por hacer.

No hace falta decir que tiraron el tablero y trataron de olvidar la situación, a ambos les fue bastante difícil dormir durante al menos una semana. Sin embargo, pasó el tiempo y los chicos volvieron a tener ganas de repetir la experiencia. Esta vez, hicieron un tablero casero y con más amigos.

A continuación se muestran algunas de las reglas para usar el tablero de Ouija que son consideradas las más importantes y relevantes, según la opinión popular en Internet, y que los chicos recopilaron después de su segundo intento. Ellos, antes de jugar por primera vez, no tenían idea de que existía alguna de estas reglas, por lo que cuando vieron que la *planchette* se movía hacia las cuatro esquinas del tablero, en un movimiento en forma de 8, y hacía cada letra del alfabeto, eran completamente inconscientes de que aparentemente estaban hablando con bastante indiferencia con un demonio mismo.

1. No dejes que el puntero pase por todos los números o letras, el espíritu está tratando de liberarse.

2. Dile siempre adiós o la conversación NO habrá terminado.

3. Si el puntero comienza a formar un patrón en forma de ocho, detenlo inmediatamente. Este es un demonio que intenta escapar.

4. Zozo es el rey demonio Ouija. Si se dibuja un patrón en forma de ocho, o simplemente se deletrea "ZOZO" en la tabla, estás hablando con el espíritu.

5. Y, por supuesto, siempre sé cortés. Esta regla es un consejo que nunca puede hacer daño.

En casa, hablaron con la misma entidad con la que hablaron en el centro de estudios, conociéndola mejor.

Esa noche rompieron la mayoría de las reglas antes mencionadas: primero pareció el ocho, luego, la pizarra buscaba pasar por todas las letras del tablero.

En repetidas ocasiones deletreaba frases como "arrepién-tete", "libérame" y, en ciertas ocasiones, afirmaba que quería el alma del compañero de cuarto de Megan.

· · ·

Todos pensaron que nada de eso podía ser cierto, e incluso llegaron a vender los ojos a dos de sus amigos para asegurarse de que nadie moviera la plancha por su cuenta.

Para nuestra sorpresa, el tablero contestaba todo a la perfección, incluidos los detalles específicos de preguntas que los dos nuevos jugadores nunca habían oído ni conocido antes de jugar. Sus temores se intensificaron al día siguiente cuando uno de ellos contó durante el desayuno cómo vio una figura parada en la esquina de su habitación la noche anterior. Los chicos dejaron de jugar para siempre, o al menos eso pensaron.

A medida que avanzaba el verano y el buen clima traía días de descanso, sin temor a lo que pudiera suceder, los chicos decidieron jugar de nuevo. Esta vez contactaron con el mismo espíritu con el que ya habían hablado en alguna otra ocasión, cuyo nombre comenzaba con la letra "G".

Este espíritu les dijo que los estaba siguiendo, e incluso comentó que le gustó escuchar a Megan hablar en la radio (ella había hecho una pasantía en la estación de radio local el verano pasado).

Después de eso, Kody visitó su casa un fin de semana y su madre lo apartó un momento de la cena durante una noche: aparentemente, momentos antes de la cena de ese día, mientras él estaba fuera, la mujer escuchó una voz que le advertía que tuviera cuidado.

Al regresar, una vez más los chicos se sentaron en círculo y hablaron con G. No sucedió nada agradable, señaló que Megan estaba tomando café: *"No es tu bebida habitual"*. La situación entonces se volvió demasiado real, así que preguntaron respetuosamente si podían despedirse, la respuesta: *"no cambiará nada"*.

Luego, en un momento muy intenso, Megan sintió como si el espíritu estuviera agarrando su brazo mientras la *planchette* volaba hacia el final de la tabla. Recuerda: si el puntero abandona el tablero antes de que logres despedirte, es posible que hayas liberado a un demonio al mundo real.

Megan tuvo que aferrarse a él con todas sus fuerzas para mantenerlo en el tablero, e inmediatamente después de eso, los ojos de Kody se pusieron en blanco; Megan gritó con pavor y corrió a tirar la tabla por la ventana.

· · ·

Ese recuerdo la perseguiría por bastante tiempo y, probablemente, sería el causante de su parálisis de sueño.

Poco tiempo después, con Halloween acercándose rápidamente, y con un renovado "propósito periodístico", los amigos decidieron intentar hablar con Betsy nuevamente, una última vez. Se aventuraron de regreso a la biblioteca, con la Ouija casera a cuestas, y tentaron su (no tan buena) suerte.

Las mesas estaban tranquilas como de costumbre, pero aún se agitaban con los estudiantes que se preparaban para los exámenes parciales y se ponían al día con alguna serie olvidada. Los chicos descubrieron el lugar exacto donde ocurrió el asesinato de Betsy y se instalaron en el mismo lugar.

Después de su ritual de apertura habitual, intentaron ponerse en contacto con la difunta. El vaso que utilizaban como puntero se movió lentamente a través del tablero, y fue directo a la despedida. Fuera lo que fuese, no quería hablar con ellos.

. . .

Luego lo probaron en casa, la escena del crimen. No hubo respuesta una vez más. Aunque en sus fantasías existían situaciones de levitación, con la cabeza dando vueltas y los ojos girando hacia atrás dentro de sus propios cráneos, la tabla de Ouija tenía algo más reservado para los dos amigos: silencio.

Megan nunca estuvo segura de si se sentía agradecida por ello, o si el silencio era una forma de decir que probablemente ya habían convocado al mismísimo Diablo por medio de la Ouija, así como a todos sus amigos demoníacos, y estaban tan poseídos como la niña del *'Exorcista'*.

Todos mienten

Cuando Kenneth era adolescente, hizo junto con sus amigos su propio tablero Ouija, con restos de pedazos de manera que obtuvieron de un contenedor de basura detrás de un depósito doméstico a principios de los 90. Lo hicieron con un diseño similar a la versión de Parker Bros. Una vez hecho, se lo dieron a un amigo del grupo para guardarlo, ya que aproximadamente 6 personas del grupo participaron en su creación.

. . .

Hasta ese momento, Kenneth solo había experimentado el usar la versión de Parker Bros. El tablero no le gustó, ya que el puntero apenas se movía y no le impresionó mucho, pensó que jugar a la Ouija era una pérdida de tiempo. Pero luego, él y sus amigos hicieron el propio y funcionó increíblemente bien.

El *planchette* lo hicieron con la parte superior de un joyero cuadrado de cartón en el que luego cortaron un agujero, pusieron cinta de celofán sobre el agujero y alrededor de todos los bordes. Esperaban que esto ayudara a que se deslizara mejor. La madera en la que lo hicieron era muy rugosa y se podía sentir que el puntero se arrastraba y, a veces, se pegaba en puntos de la madera. Esto realmente les ayudó a demostrarse que no eran ellos quienes lo estaban arrastrando... todos tenían solo la punta de los dedos sobre él y era fácil saber cuándo alguien lo arrastraba un poco, contrario a si se arrastraba solo.

El primer espíritu con el que hablaron parecía analfabeto. Pudieron saber que era una esclava, pero les pareció sumamente difícil comunicarse con ella. A medida que se comunicaron con más espíritus, se dieron cuenta de que se notaba que estaban hablando con alguien/algo diferente en función del poder con el que movía el puntero.

. . .

También notaron que los espíritus parecían tener más poder al comienzo de la conversación moviendo el puntero y siempre parecían tener menos energía a medida que conversaban.

Comenzaron a preguntarle a los espíritus cosas como reglas, querían saber cómo podrían ayudar a que se comunicaran mejor y cosas similares. Las reglas que establecieron fueron interesantes:

- Siempre tener 2 personas en el tablero en todo momento. Su explicación para esto fue que la energía fluye en un círculo alrededor del tablero y a través de él, por lo tanto, tener solo una persona en el tablero era peligroso porque esa energía podría entrar en ti en ese momento.
- No maldecir ni faltar al respeto. Básicamente, ser educado.
- Otro era mantener al tablero elevado del suelo. Su explicación fue que ayudaba a que la energía fluyera mejor a través de él de esa manera.
- Decir siempre hola y adiós.
- Nunca dejar el puntero sobre la tabla cuando no esté en uso.
- No drogarse ni intoxicarse mientras lo usan.

- Ser tan específico como se pueda con el nombre del espíritu o de dónde era si se quería contactar a alguien en especial.

Los chicos entonces agregaron cosas al tablero para ayudar a los espíritus a comunicarse mejor. Agregaron signos de interrogación por si el espíritu se confundía, un hola y un tal vez. Descubrieron que era una mejora porque sin estos, a veces el espíritu no respondería, se detendría un poco o se demoraría alrededor del tablero.

Eventualmente lograron que los espíritus hicieran cosas fuera del tablero, como golpear las paredes, encender las luces, encender una vela, adivinar lo que ellos (las personas usando la tabla) estaban pensando como grupo o individualmente, y también lo que las personas que no estaban tocando el puntero estaban pensando.

También notaron que solo ciertos espíritus tenían la energía para hacer estas cosas. Con los golpes, el primer intento era siempre el mejor y esa era una prueba más de que estos actos eran bastante agotadores para el espíritu. Lo mismo ocurría con las luces y las velas.

· · ·

Adivinar lo que pensaban las personas que tocaban el planchette era fácil para los espíritus. Sin embargo, leer los pensamientos de la gente que no estaba usando la Ouija requeriría su concentración, pero también eran capaces de hacerlo, lo que Kenneth encontraba asombroso y a la vez perturbador.

Kenneth lo pensaba así porque, por ejemplo, si hacía una pregunta y tenía la respuesta que esperaba escuchar en la mente, entonces el espíritu la escribiría o podría escribirla. ¿Cómo saber que no estaba siendo manipulado? Por tanto, era importante tener la mente clara al pedirle una respuesta.

Poco a poco, los chicos descubrieron que hay buenos y malos espíritus, y les fue difícil distinguirlos. Entonces siempre preguntaban si el espíritu era de la luz al comienzo de cada conversación. A veces terminaban una conversación, luego comenzaban una nueva y se daban cuenta de que era el mismo espíritu. En su tablero, por lo general, se podía sentir la diferencia en la energía en todos los aspectos si se trataba de un espíritu diferente.

Una vez preguntaron cuántos espíritus había alrededor del tablero y la respuesta fue escalando:

0,1,2,3,4,5,6,7,8,9,0… Usaron el tablero por un tiempo, pero eventualmente terminaron sin cosas para preguntar. Para los espíritus que contactaban no era bueno responder sobre el pasado porque en realidad no tenían un concepto del tiempo, y los chicos se negaban a preguntar nada sobre el futuro: el espíritu también podría leer tus pensamientos y, sin conocer sus intenciones, ¿cómo podrían creer todo lo que decían, especialmente después de hablar con algunos espíritus que les mintieron sobre todo?

Kenneth cuenta que tuvieron algunas experiencias muy interesantes, por decir lo mínimo, respecto a los espíritus con los que hablaron. Las más destacadas fueron, por ejemplo, el espíritu que les dijo que se llamaba Ra, había vivido en Marte y quería tomar agua de la tierra; o JFK, Bob Marley, John Candy… la lista continuaba. Pero, como se habían dado cuenta, es fácil que los espíritus mientan y es por eso mismo que es difícil decir con qué o con quién estás hablando realmente.

Un día, Kenneth compartió un momento sumamente perturbador con su amigo Zach mientras usaban la tabla de Ouija.

. . .

Había alrededor de 6 o 7 personas más alrededor del tablero cuando esto sucedió, pero Zach era el único que no creía en eso, así que Kenneth decidió demostrarle que era real, porque ambos confiaban fuertemente en el otro.

Zach y Kenneth habían fumado un poco de marihuana antes de comenzar a utilizar la Ouija, lo que no ayudó a las cosas. Aun con la advertencia en mente ("no drogarse ni intoxicarse)", de todos modos, llamaron a un espíritu... Eventualmente, la situación escaló y Zach lo maldijo e hizo todo lo que realmente se suponía que nunca debía hacer.

De repente, Kenneth tuvo un sentimiento increíblemente malo, el peor sentimiento que había experimentado jamás... No lo definía como malvado, solo era un mal presentimiento sumamente intenso, algo que no volvió a experimentar por el resto de su vida.

Las acciones de Zach molestaron terriblemente al espíritu, y la pizarra empezó a deletrear "S-A-T-A-N-S-A-T-A-N-S-A-T-A-N" más y más rápido; aquella fue la única vez que el tablero aceleró así en una conversación.

. . .

Kenneth comenzó a despedirse a gritos, instó a Zach a decir adiós también, pero él solo soltó el puntero.

Kenneth le gritó que no lo soltara, así que Zach volvió a poner la mano en el puntero, le dijeron adiós y movieron el puntero a la despedida. Después de eso, Zach creyó.

Las experiencias de la tabla Ouija le demostraron a Kenneth la existencia de un reino espiritual. Creció pensando que un nombre más apropiado sería tablero de brujas que Ouija, creyendo también que es así como solía denominarse hace mucho tiempo. Después de ese momento, los amigos no estaban seguros de qué hacer con el tablero, por lo que le echaron agua bendita y se guardó, pero eventualmente fue cambiado de dueño entre el grupo, hasta que en algún momento, le perdieron la pista.

Escaleras

Una fría tarde de domingo de marzo, Gabriela y un par de amigos más estaban sentados en la sala de estar de su amigo Marc.

. . .

Estuvieron hablando y las cosas llegaron al punto en que todos comenzaron a volverse locos con historias de fantasmas, espectros, misterios y todo lo sobrenatural. Fue entonces que decidieron que iban a jugar con la tabla Ouija de Marc.

Fue así que todos se sentaron en el suelo, formando un círculo alrededor del tablero. Todos tenían las manos sobre el vaso que estaban usando como puntero para evitar cualquier sospecha de que cualquiera en el grupo estuviese moviendo el vaso para burlarse de los demás.

Gabriela comenzó el juego preguntando *"¿hay alguien aquí con nosotros en la casa?"*. No pasó nada. Preguntó un par de veces más antes de que el vaso se deslizara por el tablero, hasta la palabra "hola". A este punto, los amigos ya estaban asustados pero decidieron continuar de todos modos.

Marc preguntó *"¿cuál es tu nombre?"*, no obtuvo respuesta. Así que Gabriela le dijo a Marc que hiciera una pregunta diferente; Marc preguntó *"¿estás muerto?"* y el cursor se movió a sí. Su amiga Sarah preguntó después: *"¿quieres hacernos daño?"* y la entidad movió el puntero a "no".

. . .

Pero, sin tener más preguntas a las que responder, el vaso se deslizó por el tablero para deletrear R-I-C-H-A-R-D.

Para todos los amigos este nombre no tenía sentido porque ninguno de ellos se llamaba Richard. Todos iban a preguntar si ese era el nombre del espíritu, pero Marc dijo *"chicos, creo que deberíamos dejar de jugar ahora"*. El vaso entonces pasó a "no", todos estaban aterrorizados.

Gabriela le preguntó a Marc por qué quería dejar de jugar, a lo que él respondió que Richard era el nombre de su abuelo. Marc siempre vivió con su abuelo, quien en ese momento se encontraba visitando a la tía de Marc. El chico siempre se preocupó por él porque estaba muy enfermo, así que todos decidieron investigar un poco más para ver qué tenía que decir sobre el abuelo de Marc.

Entonces, otro amigo llamado Samuel dijo: *"¿quieres lastimar a Richard?"* y el vaso se movió a "sí". Luego preguntó *"¿por qué?"* y el vaso deletreaba "E-S-C-A-L-E-R-A-S". Ninguno entendió el mensaje e intentaron hablar con la presencia un poco más, sin embargo, a partir de ese momento dejó de comunicarse. Así que todos se encogieron de hombros, a pesar de que continuaban muy asustados.

Todos volvieron a casa y Marc estaba bastante asustado, así que regresó a Gabriela a casa y terminó quedándose con ella también. Hasta ese momento todo era normal. Pasó una semana y todos se habían olvidado de esa pequeña experiencia.

Hasta que una tarde, Marc les llamó para decirles que su abuelo estaba en el hospital, se había caído por la escalera que bajaba al sótano y estaba en muy malas condiciones. Gabriela corrió al hospital. Cuando llegó allí, Marc le explicó lo que le dijo su abuelo cuando estaba despierto, algo que le heló los huesos a Gabriela:

El abuelo Richard bajó al sótano al principio porque seguía escuchando ruidos fuertes y algo que sonaba como una voz que venía de abajo. Pero cuando puso el pie sobre el primer escalón, sintió las manos de alguien empujando su espalda, eso fue lo que lo hizo caer por las escaleras. Fue empujado.

Y debido a una aventura con la Ouija, Richard nunca pudo volver a usar sus piernas. Marc tiró el tablero ese mismo día, pero no había mucho que hacer para reponer el daño.

8

Posibles posesiones

CONECTARSE con un espíritu puede ser complicado. Si fuera tan simple como hablar con alguien, entonces no habría necesidad de médiums para atraerlo, pero la pregunta aterradora es: ¿qué significa realmente conectarse con un espíritu? ¿Es tan simple como encontrar una manera de hablar el idioma de los muertos? Algunos dicen que la conexión es mucho más fuerte que eso. El espíritu debe ver tu alma. A veces, es posible que simplemente se apoderen de ella.

Todo lo que vi fue negro

Josh siempre había estado interesado en lo paranormal, razón por la cual las tablas Ouija lo asustaban, pensaba que era mejor ser cauteloso con los espíritus, y adoptó el enfoque de "nunca toques una tabla Ouija, no son más que problemas". Eso fue hasta que Heather, su hermana de 13 años, le rogó que jugara.

Tres de sus amigas, Jana, Chloe y Shannon, fueron a su casa a una fiesta de pijamas e insistieron en que las cuatro no estaban generando suficiente energía para atraer a los espíritus. Josh estuvo de acuerdo, aunque de mala gana, y pasó una hora investigando formas de protegerse contra los malos espíritus en línea antes de comenzar.

Josh pidió a las niñas que trajeran velas de té blanco y las colocaran alrededor de toda la habitación. El tablero estaba hecho de forma rudimentaria, nada más que un trozo de papel con letras y números escritos en él. Los cinco se reunieron alrededor del tablero y Josh notó que sus posiciones tenían la forma de un pentagrama; como católico, esto le molestó, pero se encogió de hombros, sin saber qué diferencia haría realmente.

Se las arreglaron para hacer algunos contactos, pero no sucedió nada particularmente interesante. Entonces, un espíritu comenzó a hablar bastante, antes de interrumpir abruptamente la comunicación.

El puntero dejó de moverse y, sin importar las preguntas que hicieran, no cambiaba de posición.

Decidieron decir "adiós" y volver a intentarlo, en ese momento, el puntero se movió bruscamente hacia el borde del tablero. Chloe gritó y apartó las manos, entonces, de repente, el puntero se inclinó hacia un lado. Josh rápidamente tomó el control de la *planchette*, la movió a "adiós" y luego dio la vuelta a la tabla.

Josh miró a Heather y vio que tenía una expresión de asombro. Tal vez solo estaba asustada, pero estaba mirando directamente a los ojos de Josh: sin parpadear, sin movimiento. Chloe decidió empujar a Heather, pero ella no se movió: *"¿estás bien?"* preguntó Josh, *"detente ahora, esto no es gracioso"*. Aun así, Heather no respondió.

Después de sentarse en silencio por un poco más de tiempo, Heather de repente jadeó profundamente mientras sus manos volaban a su garganta. Sus manos se tensaron. De alguna manera, estaba tratando de estrangularse.

Todos se sorprendieron y no sabían qué hacer, pero después de unos cinco segundos, Heather se soltó, se calmó, su respiración se hizo más lenta y luego dijo: *"¿Qué pasó?"*

"Oh, como si no lo supieras", dijo Josh, seguro de que ella estaba jugando y tratando de asustarlos - *"No, en serio no tengo ni idea. ¿Qué diablos pasó? Todo lo que vi fue negro"*, dijo Heather. Esto realmente asustó a Josh, pero sabía qué hacer: sacó a todas las chicas afuera, rompieron el papel y luego lo quemaron. Una vez que el tablero desapareció por completo, Heather les dijo a los demás que tenía una sensación de alivio, *"es como si me hubieran quitado un peso de encima"*.

Regresaron al interior y Heather le reveló a Josh que, en realidad, esta no era la primera experiencia extraña que había tenido con una tabla Ouija. Cuando Jana se quedó a dormir la última vez, ella y su madre comenzaron a ver fantasmas en su casa después de que las niñas jugaran.

De repente, Jana miró hacia el dormitorio de Heather, y dijo: *"puedo ver a un hombre sin camisa y cabello castaño. Simplemente entró en tu habitación"*. Todos decidieron que era suficiente Ouija para ese día. Para Josh, una cosa era segura: nunca volvería a tocar una tabla Ouija.

. . .

Trompeta de ángel

Alexandra, de dieciséis años, y su hermano, Sergio, estaban visitando a su familia en México durante el verano de 2014. Se encontraron con su primo, Fernando, y decidieron jugar con una tabla Ouija para intentar contactar con los espíritus de los padres de los hermanos, que habían fallecido cuando los niños aún eran muy pequeños.

En una comunidad donde el chamanismo se practica más comúnmente de lo que muchos piensan, sus guardianes les dijeron a los huérfanos que tomaran Brugmansia, una planta venenosa que los lugareños llaman Trompeta de ángel, ya que ésta los acercaría al mundo espiritual. Los tres tomaron la droga juntos.

Nadie pudo decir con quién o qué lograron contactar ese día, porque después de unos minutos de juego, todos parecían poseídos. Alexandra fue la más afectada, comenzó a gruñir y a agitarse, como si estuviera en un trance inquebrantable. Sergio y Fernando empezaron a tener alucinaciones, es decir, eso hasta que empezaron a perder la vista y el oído en cuestión de minutos. Entonces, los tres niños empezaron a intentar hacerse daño.

"Intentamos orar por ellos y hacer que también oraran, pero eso solo enfureció más a los demonios que se habían apoderado de ellos", dijo María Camaño, la guardiana de los niños, *"pensé que iban a perder la cabeza. Hay mucho chamanismo en las colinas donde vivimos y me aterroricé cuando vi lo que les había hecho la Ouija"*.

María pidió a un sacerdote católico que realizara un exorcismo, pero como no eran feligreses habituales en la ciudad, el sacerdote se negó, así que no tuvo más remedio que llevar a los tres al hospital. María llamó a los paramédicos, quienes tuvieron que sujetar a Alexandra para evitar que se lastimara a sí misma o a los demás. Sorprendentemente, todo fue captado por una cámara.

Alexandra hablaba en lenguas, con una voz que nadie podía reconocer. *"Me voy a morir"*, decía la muchacha en la ambulancia, riendo. *"¿De qué te estás riendo?"*, respondió el paramédico, *"¿por qué vas a morir? Tienes que mejorar, tu familia te está esperando"*. *"Morirán"*, dijo.

Se cuenta que los chicos tenían movimientos involuntarios y era difícil trasladarlos al hospital más cercano porque eran muy erráticos, parecía como si estuvieran en un estado de trance.

Hablaron de sensación de entumecimiento, visión doble, ceguera, sordera, alucinaciones, espasmos musculares y dificultad para tragar.

Nadie en el hospital sabía qué les pasaba desde el punto de vista médico, por lo que los médicos les dieron medicamentos anti estrés, analgésicos y algunas gotas para los ojos. Lentamente, Alexandra se calmó y los chicos recuperaron sus sentidos.

Lo que les pasó a los niños esa noche con la tabla Ouija, puede que nunca lo sepamos: Alexandra, Sergio y Fernando no lo recuerdan. Pero María y el resto de la familia están convencidos de que estaban poseídos. Peor aún, creen que es posible que los espíritus malignos permanezcan, ¿quién puede decirlo?

La Ouija me hizo hacerlo

Carol tenía 53 años cuando fue arrestada en el condado de Lincoln, horas después de la muerte de su yerno, Brian, de 34 años.

. . .

La mujer fue acusada de asesinato en primer grado, sin embargo, ella estaba completamente convencida de que una tabla de Ouija le dijo que lo hiciera.

Carol, su hija Tammy y las dos hijas pequeñas de Tammy (de 15 y 10 años), estaban jugando con una tabla Ouija mientras Brian dormía. Aunque no se sabe exactamente qué fue lo que sucedió durante la sesión, la situación rápidamente se salió de control.

La familia recibió un mensaje en el tablero, supuestamente de Dios, quien les aseguraba que Brian y su hija más pequeña eran malvados, agregando también que Brian era el diablo en persona y que debía ser eliminado urgentemente. De inmediato Carol, poseída, tomó acción y atacó a Brian, apuñalándolo en el pecho.

Carol también intentó lastimar a la segunda hija de Tammy, pero la mujer le quitó el cuchillo de las manos y lo escondió dentro de la casa. Inmediatamente, Tammy (posiblemente poseída también) salió con Carol y sus hijas, todas subieron al auto de la familia y Carol condujo durante un tiempo hasta que, finalmente, estrelló el automóvil contra una señal de tráfico en un intento de matarlas a todas.

Carol sufrió dos tobillos rotos en el accidente, las demás resultaron levemente heridas. Después de salir del automóvil, la mujer intentó sin éxito empujar a la hija de 15 años al tráfico. Acorralada, y a pesar de sus heridas, Carol salió corriendo de la escena, se quitó toda la ropa, saltó la barrera de la carretera y corrió hacia un área boscosa al norte de la carretera.

La policía la encontró escondida en el bosque y la llevaron al Centro de Ciencias de la Salud de la Universidad de Oklahoma para recibir tratamiento. La familia dio constancia de que la mujer no tenía antecedentes de enfermedades mentales o cualquier otro tipo de comportamiento extraño, tampoco se encontraron señales de consumo de alcohol o drogas dentro de su cuerpo, mucho menos antecedentes de conflictos domésticos dentro de la familia.

Aunque inicialmente se consideró un episodio de violencia doméstica, la policía se enteró de detalles que sugerían algo más: Carol continuaba diciendo que Brian era el Diablo, y que debía morir. Se sabe que Brian pidió ayuda, pero se le dejó solo muriendo desangrado.

. . .

La hija de Carol, Tammy, fue arrestada al día siguiente, acusada de ser cómplice de asesinato: escondió el cuchillo, suministró el vehículo de huida y no intentó alejarse de Carol cuando tuvo la oportunidad. Por su parte, Carol fue declarada demente, e internada en un hospital psiquiátrico.

Así fue como la Ouija consumió la vida de Carol y de prácticamente toda su familia.

9

Liberando a los demonios

LA MAYORÍA de las personas que prueban el jugar a la Ouija buscan un encuentro emocionante con un espíritu muerto hace mucho tiempo, o simplemente un poco de diversión y juegos con sus amigos. Pocos se dan cuenta de que pueden estar invocando algo que no es humano y que nunca lo fue.

Los religiosos del mundo han advertido una y otra vez que los demonios usan la tabla Ouija como puerta de entrada a tu alma. Si los sujetos de estas historias no lo creían antes, ciertamente lo hacen ahora.

La curiosidad puede matarte

. . .

Sam consiguió su primera tabla Ouija cuando tenía trece años, estaba fascinado con la idea de poder comunicarse con los espíritus. Quizás había algo especial en Sam, porque pudo usar el tablero Ouija solo.

En su primera vez, se puso en contacto con un fantasma llamado Daniel. Era muy amable y era fácil hablar con él, Sam charlaba con Daniel durante horas. El fantasma le contó que había muerto hacía mucho tiempo y le dijo a Sam que tenía un hermano llamado Charles, pero Charles no era como él. Daniel dijo que su hermano era malo y que le gustaba meterse en problemas, también le informó que se encontraba cerca.

Sam hablaba con Daniel todos los días después de la escuela. Ponerse en contacto con él fue muy fácil, simplemente tenía que poner sus dedos en el puntero e instantáneamente Daniel estaba allí. Pero después de cada sesión, Sam se sentía completamente exhausto. No se dio cuenta en ese momento, pero su energía estaba siendo absorbida por el tablero de Ouija.

Un día, Sam llegó a casa y sacó su tabla de Ouija. *"¿Está Daniel allí?"*, preguntó. "No", fue la respuesta.

· · ·

Sam estaba desconcertado por esto: Daniel siempre estaba allí... entonces, de repente, se dio cuenta. *"¿Es Charles quien me está hablando?"* El puntero se movió a "Sí".

Sam decidió hablar un poco con Charles, pero procedió con precaución. A medida que se comunicaba más con él, se dio cuenta de que Charles no era tan malo como Daniel lo había hecho parecer. Quizás tenía un lado bueno, pensó Sam. Al poco tiempo, Sam y Charles habían desarrollado una profunda amistad, y ahora él pasaba más tiempo hablando con Charles que con Daniel.

Siempre curioso sobre las formas de comunicarse con los espíritus, un día Sam tuvo una idea. Si fue tan fácil comunicarse con los espíritus mediante la Ouija, ¿qué tanto lo sería escribiendo? El chico no lo sabía en ese momento, pero este método se llamaba "escritura automática".

Sam tomó un papel y un bolígrafo, levantó la mano e intentó llamar a los espíritus. Después de solo unos pocos segundos, su mano comenzó a moverse por sí sola, los espíritus podían escribir a través de él. Con esta nueva habilidad, Sam se sintió más cerca de los espíritus que nunca.

Cada vez pasaba más tiempo comunicándose a través de la escritura automática, era mucho más fácil que una tabla de Ouija, pero a medida que su conexión con los espíritus se fortaleció, sus mensajes se volvieron más siniestros. Tanto Daniel como Charles pasaron mucho más tiempo hablando de la muerte, la conversación a menudo giraba en torno a la idea de la muerte de Sam.

Sam finalmente comenzaba a sentirse asustado, pero también sentía curiosidad por la energía que estaba siendo drenada de él cada vez que contactaba con los espíritus. ¿Qué más se estaba transfiriendo a través de esta conexión, qué le robaban además de energía? Una vez, cuando estaba enojado porque Charles seguía hablando de la muerte, Sam decidió pensar con fuerza en una palabra al azar mientras el espíritu escribía. Sorprendentemente, esa fue la palabra que escribió Charles.

Sam pensó que era gracioso que pudiera ejercer cierto control sobre un espíritu como ese, pero también significaba que los espíritus tenían acceso a sus pensamientos internos cuando estaban conectados. Aun así, Sam siguió tratando de despistarlos con este tipo de pensamiento, pero solo los hizo enojar.

. . .

Cada vez más frecuentemente, los espíritus le decían a Sam que debería suicidarse. Sam no pudo evitar seguir explorando su rara conexión espiritual, pero finalmente, se cansó de los espíritus que constantemente intentaban convencerlo de que se quitara la vida. Tomó una decisión, sacó su tabla Ouija afuera, la rompió y la tiró, prometiendo no volver a intentar la escritura automática nunca más. Y así, los espíritus se callaron.

A la temprana edad de trece años, Sam aprendió una valiosa lección sobre cómo ponerse en contacto con el más allá. Alguien puede hacerse tu amigo y ganarse tu confianza, pero si te roba la fuerza y trata de influenciarte, entonces debe ser malvado en el fondo. No todos los espíritus son espíritus, algunos son algo más siniestro.

La lección más importante de todas: demasiada curiosidad podría matarte.

Portal

Una noche en la universidad, John invitó a cuatro amigos, Liam, Chris, Jack y Paul, a su apartamento.

· · ·

La agenda habitual era beber y meterse en líos, pero esta vez decidieron cambiar las cosas y mejor tener una sesión de espiritismo. Aproximadamente a las 10:30 pm, el grupo decidió que John sería el médium, ya que él era el anfitrión de la fiesta.

John sacó una tabla Ouija e improvisaron con un gran vaso de whisky como *planchette*. Manteniéndose fieles a lo que pensaban que debería ser una sesión de espiritismo, apagaron las luces y encendieron velas alrededor de la sala de estar. Liam se sorprendió al ver lo serios que eran sus cuatro amigos tontos sobre la sesión.

Todos se reunieron alrededor del tablero, por primera vez completamente serios. John le dijo al vaso de whisky: *"si hay algún espíritu o presencia en este apartamento, mueva el vaso"*.

Todos se sorprendieron al ver que el cristal se movía de inmediato, se miraron el uno al otro antes de regresar al tablero.

"¿Podrías deletrearnos tu nombre, por favor?" preguntó John. El vaso se movió. "P-O-R-S-U-P-U-E-S-T-O." *"¿Cuál es su nombre?"* "A-N-S-I-E-S-O", deletreaba.

"¿Ansieso?", dijo Liam, *"¿qué tipo de nombre es ese?"* - *"¿No es obvio?"*, dijo Paul, *"es un anagrama de 'asesino'"*. Los chicos se lanzaron miradas más nerviosas. *"¿Debemos continuar?"*, preguntó Jack. *"Quizás…"*, dijo Chris.

Siguió una discusión, y los chicos determinaron exactamente cómo debían lidiar con el espíritu. Siempre que siguieran el procedimiento correcto y terminaran la sesión con una oración, probablemente estarían bien.

Leyeron en Internet que si el espíritu mencionaba un portal, debían cerrar la sesión de inmediato, ya que los portales eran la forma en que los demonios ingresaban al mundo humano.

Todos acordaron proceder con cautela y no provocar el espíritu. Regresaron al tablero. *"Si Ansieso todavía está aquí, ¿podría hacer una señal?"* preguntó John. *"¡AY!"* gritó Chris.

"¿Qué es?" dijo Jack. Chris tenía la mano en su mejilla derecha: *"simplemente sentí que alguien me golpeaba"*. El miedo y los presentimientos nerviosos se extendieron por toda la habitación.

· · ·

"¿Por qué le pegaste a Chris?" preguntó John. "N-O-M-E-G-U-S-T-A-É-L", *"¿Por qué?"*, "E-S-U-N-I-D-I-O-T-A", respondió el espíritu. Chris se rió, quizás fue una broma. *"¿Eres un fantasma?"*, preguntó John. El vaso se movió a "No." *"¿Entonces, qué eres?"* El vaso se movió: "E-L-P-E-N-U-M-B-R-A".

De repente, la habitación se puso helada. Los chicos no necesitaban preguntarse qué podría significar 'El Penumbra', todos lo sabían. Demonio. *"Ansieso, ¿eres un demonio?"* preguntó John. El vaso se movió a "Sí", luego, "A-H-O-R-A-M-U-E-R-E". De alguna manera, la habitación logró enfriarse aún más.

"Oh, Dios mío", dijo Paul. Los demás miraron hacia arriba para ver sangre saliendo de la boca de John. Los cinco rostros de los jóvenes se llenaron de miedo. Concentrados en el rostro de John, les tomó un tiempo notar el vidrio y sus manos, que volaban alrededor del tablero. "PORTAL-PORTAL-PORTAL-PORTAL-PORTAL-PORTAL." Sus temores se confirmaron: el demonio estaba tratando de entrar en su mundo.

Los cinco muchachos lucharon para empujar el cristal a "Adiós", el demonio los resistió, pero lo lograron.

Cuando soltaron el vaso, éste cayó al suelo. El grupo recitó un "Padre Nuestro" y terminó la oración diciendo *"En el nombre de Jesús, Amén".*

Todos se apresuraron a encender las luces y apagar las velas, John les trajo a todos un poco de cerveza y trataron de bromear sobre el encuentro. Aun así, nadie sintió que debían dejar a John solo esa noche, así que Liam, Chris, Jack y Paul decidieron quedarse a dormir. Consiguieron beber hasta dormirse esa noche.

Liam tuvo una terrible pesadilla. Se encontraba en una habitación grande, en medio de un círculo de luz, no podía ver dónde estaba porque la habitación estaba llena de una niebla oscura y humeante. Podía escuchar susurros agudos en las sombras. Lentamente, los susurros se hicieron más fuertes, se convirtieron en voces. Liam finalmente pudo entender lo que estaban diciendo: *"Te vamos a atrapar..."* una y otra vez. Entonces, las voces se convirtieron en gritos: *"VAMOS A CONSEGUIRTE... VAMOS A CONSEGUIRTE..."*

De repente, cientos de brazos comenzaron a aparecer a través de la niebla, Liam estaba paralizado, incapaz de moverse.

Eran un tipo de cadáveres, con garras en sus manos. Liam no podía ver a quién pertenecían los brazos, pero sabía que los cadáveres eran la encarnación de Ansieso. La niebla gris comenzó a deslizarse en el círculo de luz de Liam y con ella, llegaron los brazos muertos. Liam no tenía forma de escapar de la pesadilla, trató de gritar, pero el sonido solo se escuchó como una tos silenciosa. La niebla lo rodeaba, los brazos lo agarraban.

De repente, Liam se despertó y se encontró de nuevo en el apartamento de John. Otros cuatro rostros de aspecto asustado miraban alrededor de la habitación. Cuando Liam habló con Chris, John, Jack y Paul sobre su pesadilla, descubrieron que los cinco habían tenido exactamente el mismo sueño.

N-O-M-I-O-D-E

Un martes por la noche, Amber estaba viendo la televisión en la sala de estar de su madre, Daniel, su hermano de cinco años, se estaba quedando dormido en su regazo. De repente sonó el timbre. Amber empujó suavemente a Daniel y fue a abrir la puerta.

. . .

Para su sorpresa, era su mejor amiga, Dee: *"¡Mira mi nuevo juego de mesa!"* dijo Dee, sosteniendo una tabla Ouija; *"¡genial, vamos a jugar!"* dijo Amber, dándole la bienvenida.

Colocaron el tablero en la sala de estar y encendieron velas. Sus dedos apenas habían tocado el puntero cuando se movió para deletrear "H-O-L-A". *"Eso es extraño"*, dijo Dee, *"por lo general, se tarda un poco en responder"*. *"Espeluznante"*, dijo Amber. *"¿Cuántas personas hay en este edificio en este momento?"* preguntó a la junta. La plancheta se movió a "6". *"Eso no puede ser correcto"*, dijo Dee, *"solo somos yo, tú, Daniel, tu mamá y el espíritu aquí"*.

Las chicas se miraron fijamente, en ese momento, la mamá de Amber entró en la habitación y saludó a las niñas. Cuando vio el tablero, su expresión cambió. *"¿QUÉ ESTÁS HACIENDO JUGANDO CON ESO?"*, gritó. *"No es mío, es de Dee-"* - *"¡No juegues, es peligroso!"* dijo su mamá, y luego caminó hacia la cocina. Amber y Dee se miraron y ambas se encogieron de hombros.

"¿Cuál es tu nombre?" Dee preguntó al espíritu. "N-O-M-I-O-D-E", deletreaba el espíritu. La cara de Amber se puso blanca: *"eso deletrea 'demonio' si lo descifras."*

· · ·

Las chicas seguían tratando de comunicarse con el espíritu, pero ahora no recibían nada más que insultos y amenazas.

"USTEDES VAN A MORIR", deletreaba. Ambas chicas gritaron, despertando a Daniel, que aún dormía en el sofá. Él también gritó, así que Amber corrió hacia él: *"el hombre malo trató de matarte en mi sueño, Ambey"*, dijo. Los escalofríos recorrieron la columna vertebral de Amber.

"No te preocupes, estoy bien", dijo.

Amber llevó a David al tablero y lo sentó. Quería hacer una pregunta: *"¿dónde estás ahora, fantasma?"*, el puntero se movió: "EN LA COCINA CON TU MADRE". Los tres se levantaron de un salto y corrieron a la cocina, donde la mamá de Amber se encontraba fumando.

"¿Qué están haciendo, niños?" - *"¡Mamá, el demonio te va a matar!"* La madre sacudió la cabeza y dijo *"no te preocupes, eso no sucederá"*.

. . .

En ese momento, Amber sintió que algo agarraba su cabello y tiraba de él, se sintió arrastrada a través de la habitación, incapaz de detener el dolor punzante en el cuero cabelludo. Dee también parecía que estaba siendo arrastrada por el cabello. La mamá de Amber no podía creer lo que veía, agarró a Daniel, cogió unas mantas y sacó a las niñas de la casa.

Todos corrieron a la casa del tío Toby y la familia pasó la noche allí. A la mañana siguiente, el tío Toby fue a ver la otra casa, y lo que encontró le sorprendió horriblemente: la casa estaba completamente destrozada, todo lo que tenía valor estaba roto, pero no faltaba nada, nadie había entrado. Sabiendo qué hacer, Toby tomó la tabla Ouija y la quemó. La familia regresó a la casa y recogió los pedazos.

Las cosas parecieron normales por un tiempo, pero Amber comenzó a notar que las cosas no iban del todo bien. Daniel comenzó a ver sombras alrededor de la casa y comenzó a hablar sobre un nuevo amigo imaginario que tenía. Dijo que el amigo imaginario lo estaba lastimando. A veces, Amber podía sentir que alguien la tocaba por la noche.

. . .

Un demonio puede hacer mucho daño a una casa después de una noche con una tabla Ouija. Se vuelve mucho peor cuando la siniestra criatura decide quedarse.

Gordon

Cuando Anne era una adolescente, ella y su mejor amigo pasaron un verano "curioseando" la tabla Ouija. La mayoría de las veces solo hacían preguntas tontas o mundanas, y la mayoría recibían respuestas que parecían encajar. Nunca hubo un espíritu o entidad específica asociada con sus exploraciones de la tabla Ouija y nunca se sintieron amenazados de ninguna manera.

Hasta el momento en que todo cambió. Un día, una personalidad específica comenzó a comunicarse con ellos, era un ente masculino y contundente. Les decía que hicieran cosas, cosas inofensivas como quitar un cartel de alguna pared o acciones similares, pero aun así, a los amigos les parecía extraño.

Poco después, Anne se atrevió a preguntarle su nombre.

. . .

El puntero comenzó a moverse "G-O-R-D-O-N". Le preguntó dónde había vivido antes de convertirse en espíritu, y el tablero dio una dirección ubicada en un pequeño pueblo cercano. Ni Anne ni su amigo habían ido antes a esa ciudad, así que no tenían idea de si era real o no. Pero lo que sí tenían era un mapa para poder buscarlo. Comprobar si era real.

La chica, que todavía era demasiado joven para conducir, le pidió a su hermana que la llevara al pueblo, solo para comprobar la dirección. El amigo de Anne estaba asustado y no quería ir, así que ella y su hermana se aventuraron solas a esta dirección, una casa de aspecto ordinario en un callejón sin salida arbolado.

No había nadie alrededor, así que llamaron a la puerta. Sin respuesta. Anne estaba dispuesta a rendirse, así que llamaron a la puerta del vecino de al lado. Responde un hombre que parece que tiene entre 50 y 60 años. El hombre se veía demasiado joven para ser "mayor" a los ojos de la chica, pero era mayor que sus padres o los padres de sus amigos de la escuela.

Las chicas le preguntaron si sabía si un "Gordon" vivió alguna vez en la casa de al lado.

El hombre pensó por un minuto, dirigió su mirada a lo lejos y procedió a decir que sí, alguien llamado Gordon solía vivir allí, pero desapareció hace unos 15 años y nadie supo por qué o qué había sido de él. No podía decir nada más, solo dijo que no recordaba nada de Gordon, aparte de que vivía allí y luego no lo hizo.

¡Anne no podía esperar a llegar a casa y decirle a su amigo! ¡No podía esperar para sacar la tabla Ouija y descubrir más! Cuando lo hicieron, Gordon respondió de inmediato. Su comportamiento era más agresivo que nunca, insistiendo en que los chicos debían hacer esto y aquello, dibujaran esto, reunieran aquello otro. Se sentía una atmósfera espeluznante, a pesar de que nada de lo que Gordon solicitaba era hiriente o inapropiado, simplemente se sentía mal.

Anne le preguntó por qué quería que hicieran estas cosas, y se volvió más insistente, más nervioso, daba la sensación de ser más peligroso. Los chicos dijeron que no, *"no lo vamos a hacer, ¿por qué lo quieres tanto?"*

Él entendió que habían trazado una línea que no estaban dispuestos a cruzar, así que reveló sus verdaderas intenciones: les dijo que si habían hecho exactamente lo que había pedido, él podría conseguir que "intercambiaran lugares" con él, ¡¡y que eso era lo que le había pasado hace muchos años!! Y luego, comenzó a deletrearse una risa demoniaca que se repetía una y otra vez en la pizarra.

Esta declaración los asustó a los dos, y esa fue la última vez que tocaron una tabla Ouija.

Errores

Selene y otros dos amigos suyos decidieron una vez jugar con un tablero de Ouija. La primera vez que jugaron con él, el espíritu que los contactó afirmó ser la tía abuela de Selene (a quien nunca conoció, pero de quien le contaron que supuestamente mató a 3 de sus 4 maridos). La mujer tuvo un mal presentimiento al respecto y dejó de jugar, por lo que el espíritu dijo que en realidad era amigo de su padre.

Esto captó la atención de Selene, quien, después de haber estado hablando con él durante horas, finalmente lo engañó para que respondiera mal a una pregunta.

. . .

Aparentemente, esto fue una mala idea porque el ente se volvió loco y comenzó a maldecir a todos los presentes.

Ella y sus amigos guardaron la tabla, pero luego comenzaron a oler algo quemado, un olor que solo se podía identificar en la habitación en la que jugaron con el tablero.

Decidieron tirar la Ouija y el olor se fue, pero fuese lo que fuese, este no dejó sola a Selene durante años. El espíritu desaparecía, a veces durante meses, pero eventualmente regresaba. Después de mudarse 3 veces, después de mucha oración y de que los misioneros bendijeran su casa, así como después de contactar a un demonólogo y seguir sus consejos para deshacerse de esta presencia en su casa, parecía que el espíritu se había retirado.

Fueron años de terror para ella y su familia. La situación llegó a un punto en el que su esposo y ella estaban seguros de que lo habían visto, y algo asustaba constantemente a su hijo mayor, algo que solía susurrar su nombre en su oído. Al pequeño le aterrorizaba ir solo a los dormitorios traseros, y de hecho, Selene hacía que sus hijos durmieran juntos con una Biblia entre ellos.

. . .

Una noche, la mujer despertó y vio lo que parecía un hombre extremadamente pequeño con ropa militar muy vieja. No parecía un enano, sino que parecía un hombre muy normal pero de alrededor de metro y medio de alto, y gris. El hombre simplemente la miró y después de que parpadeó, se retiró.

Selene nunca estuvo segura de que su esposo realmente le creyera hasta que realmente lo vio, y estaba absolutamente aterrorizado. Ambos se encontraban en cama, Selene lo había estado escuchando al ente por un tiempo. Ella se sentía tan paranoica que hacía que su esposo durmiera en la habitación con sus hijos y ella dormía en la sala de estar para que uno de ellos estuviera en cada extremo de la casa.

Bueno, Selene estaba acostumbrada a ver al espíritu caminar arriba y debajo de los pasillos, echaba un vistazo y escuchaba los pasos. Para ella era increíblemente aterrador. Una noche, su esposo entró temblando en la sala, le preguntó si estaba en el baño. Selene dijo que no había estado ahí, pero sabía exactamente por qué su esposo preguntaba, porque ella también lo había visto. Era algo muy grande, desde el suelo hasta el techo y tan ancho como el pasillo. Simplemente caminaría arriba y debajo de los pasillos toda la noche.

Un día, finalmente despertó y su casa se sintió menos tensa. Dos días antes, Selene se había acercado a un demonólogo y había seguido todos sus conejos. La pobre mujer había estado sumida en una depresión horrible y su hijo mayor estaba muy enfermo, por lo que tenía que ir a citas mensuales en el hospital de niños y además tenía muchas citas con médicos locales, algunas visitas a la sala de emergencias y estaba tomando un montón de medicamentos. Pero ese día parecía que todos estaban felices.

Más tarde esa noche, su esposo y ella se quedaron despiertos hasta muy tarde viendo la televisión. Algo llamó a la puerta. Le gritó a mi esposo cuando fue a levantarse para abrir la puerta, diciendo que no había nada y que volviera a sentarse, tuvo una sensación horrible y supo que era ese ente malvado.

Un par de minutos después volvieron a escuchar algo golpeando la puerta. Ambos fueron a las ventanas, que contaban con una vista clara de todo el frente de la casa, y efectivamente no había nada allí. Solo una escoba que estaba a un lado de la entrada que ahora estaba en el piso frente a la puerta. Los golpes ocurrieron durante tres noches. Selene pensaba que era el espíritu, quien intentaba que volvieran a dejarlo entrar.

. . .

Lo que tres adolescentes pensaban que era un juego espeluznante resultó perseguir a Selene durante ocho años.

Creció sintiéndose paranoica, preguntándose si habría hecho algo para invitarlo a regresar y preguntándose qué haría el espíritu a continuación.

Una vez que tienes una cosa enorme que parece una sombra negra de al menos 2 metros de alto y otro metro de ancho caminando por tu casa por la noche y está jugando con tu familia, es difícil relajarse después.

Osito de peluche

Una tarde, en Nueva Zelanda, Daniela y 3 de sus amigas probaron su propia tabla Ouija y contactaron a algunas personas diferentes. Pensaron que era muy divertido y al principio no pasó nada malo, estaban seguras de que todos los espíritus con los que hablaban también querían charlar.

Aproximadamente una semana después de hacerlo, comenzaron a escuchar algunos ruidos extraños en su

departamento, pero asumieron que eran otros compañeros de casa que se levantaban e iban al baño. En la
mañana preguntaron a los demás compañeros del edificio
por el ruido y todos dijeron que ninguno se había
levantado.

Poco después, el ruido se hizo más intenso y comenzaron
a escuchar pasos que sonaban por las puertas de su habitación desde el pasillo y entraban al baño y, a veces,
incluso abrían la puerta del baño y la volvían a cerrar.

Obviamente, las chicas comenzaron a preocuparse
porque, además de ser jóvenes, ninguna de ellas había
experimentado algo como eso antes, aunque Daniela,
cuando era más joven, solía ver a una dama que la seguía
de vez en cuando.

Una noche, estando todos dormidos, alrededor de las
5.30 de la mañana una de sus amigas entró en la habitación y le dijo que mientras dormía, sintió que algo la suje-
taba y no podía darse la vuelta. Luego, sus zapatos fueron
movidos por el piso y dos latas de cerveza que estaban en
su cuarto fueron derribadas. Cuando finalmente pudo
moverse de nuevo, se levantó para entrar a la habitación
de Daniela y su puerta estaba cerrada.

Ambas se sentaron, preocupadas, hasta las 9 de la mañana y finalmente lograron conciliar el sueño por un rato.

Después de eso las cosas se calmaron un poco y pensaron que el problema podría haber terminado, pero justo al comienzo de la siguiente semana vieron un osito de peluche sentado afuera, junto al buzón de correo. Las chicas dejaron al peluche ahí, ya que parecía ser un juguete para niños pequeños, sin detenerse a pensar mucho en eso, aunque sentían que era una coincidencia bastante espeluznante.

Al día siguiente, notaron que el osito estaba sentado dentro de su departamento, al lado de sus habitaciones en una pequeña bodega destinada al almacenamiento. Las chicas preguntaron a los otros 4 compañeros de casa y ninguno de ellos lo había movido adentro.

También sucedió que Daniela y dos de sus amigos estaban conviviendo en una de las habitaciones una noche, todo parecía estar bien hasta que Daniela salió al baño y, cuando regresó y otra de sus amigas fue al baño, el osito estaba ahora sentado justo afuera de la puerta. Nadie se había levantado para moverlo, ya que eran alrededor de las 11 pm. Ninguna durmió en toda la noche.

Al día siguiente, Daniela volvió a poner el osito en la bodega de almacenamiento y luego una de las chicas lo tiró al gran cubo de basura de afuera. Aproximadamente 4 horas más tarde, alrededor de las 11 pm, cuando bajaron las escaleras para hacer algo de comida, el osito estaba nuevamente adentro y sentado en la mesa de la cocina.

Las chicas decidieron conservar al oso, y aunque nada malo volvió a suceder, continuaron escuchando ruidos por la noche. La situación comenzó a afectar su patrón de sueño, los otros compañeros de piso y sus conocidos comenzaron a pensar que las chicas estaban exagerando con todo. Sin tener idea de qué hacer o cómo resolverlo, lo único que esperaban era que el osito desapareciera pronto.

Conclusión

DESDE ESPOSOS INFIELES, pasando por abuelos cariñosos y llegando hasta el mismísimo demonio, estas historias han logrado sorprender hasta el más escéptico de los lectores. Ya sea que este libro te haya hecho desear nunca encontrarte un tablero de Ouija en tu camino, o, por el contrario, haya despertado tu curiosidad latente, ¡no olvides seguir todas las reglas antes de iniciar cualquier acción!

La mayoría de la gente que cuenta estas historias recomienda encarecidamente que aquellos que no han vivido este tipo de terrores no los busquen por su propia cuenta, porque las cosas pueden salir peor de lo planeado.

· · ·

A pesar de que estar buscando a algún familiar que recientemente dejó tu lado o de querer entablar amistad con algún buen alma que pueda confirmar si te están engañando, ¡ve con cuidado! No solo los espíritus son buenos mentirosos sino que nunca sabes cuándo podrías encontrarte con algún ente maligno, o incluso, ¡con el mismísimo Zozo!

Con la esperanza de que este libro haya saciado tu curiosidad por el misterioso tablero de madera, lo único que me queda por decirte es ¡dulces sueños!

CPSIA information can be obtained
at www.ICGtesting.com
Printed in the USA
LVHW051112050721
691876LV00014B/2025